土撥鼠情報隊
撥鼠情報隊

貓爪便利店
貓爪便利店
雪莉猫

多多羅／著

貓爪怪探團

混沌時代篇

4 瘋狂刮刮樂

伊洛拉群島地圖
待解鎖
待解鎖
水晶城
溶洞城
草原城
雪山城
小山城
待解鎖
待解鎖
待解鎖
花開城
待解鎖
待解鎖

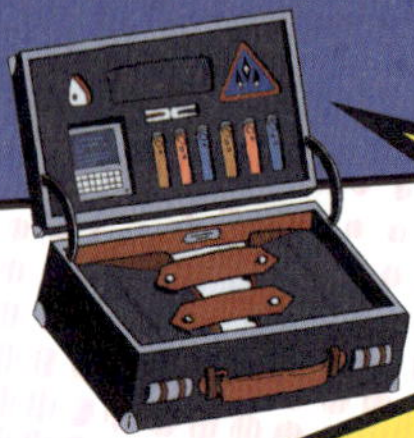

人物檔案

祕密小姐

名字：雪莉貓　種族：獰貓

伊洛拉群島知名的大小姐，高貴、優雅、闊綽，是在幕後提供一切資源和智慧的「祕密小姐」。憑藉詳細的作戰計畫和先進的科技發明，掌握著伊洛拉群島的一切資訊！！

月光幻影

名字：尼爾豹　種族：雪豹

一隻樂天派雪豹，是貓爪便利店的員工，也是伊洛拉群島上刺破黑暗的「月光幻影」。他憑藉靈活的身手和巧妙的偽裝技術，在伊洛拉群島的暗夜中大放異彩！

發明大師

名字：多古力　種族：浣熊

畢業於克里特特國際學院，經過一番磨礪成為享譽世界的發明大師。

名字：啾多　種族：啾啾族

每天都會來貓爪便利店報到的上班族。

傳說中，這是一個由各式各樣厲害的人物組成的團隊，他們神出鬼沒，僅僅透過一個操作簡單的網站接受委託。無論對手是窮凶惡極還是老奸巨猾，他們都能一一搞定……有人說他們是罪惡的剋星，也有人說他們是譁眾取寵的小丑。但不可否認的是，他們的存在，就像是投入水中的石子、扇起微風的蝴蝶，最終產生了巨浪與狂風，深刻的改變了伊洛拉群島。

目錄

1 啾多拔牙 001

2 黑豹求醫 008

3 醉酒「神醫」 017

4 保持身材的祕密 038

5 超級粉絲 050

6 坦白真相 060

7 彩券疑雲 074

8 瘋狂刮刮樂 085

9 接招吧！名畫 102

1

啾多拔牙

雖然雪莉貓已經告訴了尼爾豹關於黑耳奶奶的事情，但由於還要等多古力大師，所以他們只能收起想要立刻去救黑耳奶奶的急切之心，像往常一樣，待在貓爪便利店裡頭。

夜深了，店裡十分安靜。尼爾豹一邊拿著拖把拖地，一邊打了個大大的哈欠：「這麼晚了，應該沒有客人來了吧。等會兒我就可以跟比比格換班，回去大睡一覺了。」

話音未落，便利店的門就一下子被推開，一個熟悉的圓滾滾的身影走了進來。原來是啾多，他拖著一個公事包，一副累得馬上要癱倒在地的樣子。

尼爾豹問道：「啾多，你加班加到這麼

晚啊？」

啾多有氣無力的點了點頭，然後從口袋裡掏出幾枚硬幣，口齒不清的說道：「給我一份便當啾，和一杯不要錢的檸檬水。」

尼爾豹接過硬幣，把便當加熱後連同一杯檸檬水一起端給啾多。啾多坐到便利店用餐區的椅子上，埋頭吃起來。

「唉啾，唉啾，痛死我了……」啾多一邊慢吞吞的吃著便當，一邊皺著眉頭呻吟起來。

尼爾豹湊過去，好奇的問：「怎麼啦啾多，是便當不好吃嗎？要不要加點錢，讓本大廚親自給你下廚啊？」

啾多搖了搖頭，捂著自己高高腫起的左臉，可憐兮兮的說道：「尼爾豹，別煩我了啾，我右邊的牙齒痛，現在吃什麼都不香。」

「原來如此，怪不得你都瘦了。」尼爾豹同情的看著啾多，忽然又眨了眨眼睛，「不對啊，啾多，你右邊的牙齒

痛，為什麼你捂的是自己的左臉？」

「尼爾豹，你發現了問題的重點啾！」啾多痛得咧開嘴，眼睛裡閃出晶瑩的淚花，「這一切……這一切啾，都要怪草原城醫院的棕熊醫生！」

啾多一邊捂著自己腫起的臉，一邊講述起來——

兩天前，被牙痛折磨的啾多請了假，來到草原城醫院看病。走進醫院的診間，啾多乖乖的躺到了一把躺椅上。

身穿醫師袍的棕熊醫生頭也不抬的問道：「怎麼回事啊？哪裡不舒服？」

啾多趕忙說道：「醫生，我右邊的臼齒啾，一碰就痛啾，沒法吃飯啾。」

「就牙齒痛嘛，很簡單。」棕熊醫生瞇著眼睛看了一眼啾多，說，「拔了就不會痛了，嗝——」

棕熊醫生忍不住打了個嗝，啾多頓時聞到一股濃烈的酒味。

「啾，醫生，難道你喝了酒？拔牙啾？不需要再檢查檢查嗎啾？」啾多有些害怕的問。棕熊醫生卻揮了揮手，打斷了啾多：「問題真多，你是醫生還是我是醫生啊?!你剛才說，你哪邊的臼齒痛？張開嘴我看看。」

「右邊啾，右邊。」啾多回答道，同時大大的張開了嘴，他不知道的是，棕熊醫生這時已經拿起了一把大鉗子。

「右邊的臼齒痛……左……右……哪邊是右邊呢……中午多喝了兩杯，左右都分不清了。對了！」棕熊醫生嘴裡嘟囔著，忽然兩眼放光，「拿筷子的手就是右手嘛，我怎麼連這個都忘了。好，讓我把這邊的臼齒拔下來，這樣你就再也不會牙痛了，嗯嗯，真是個好主意。」

棕熊醫生高高舉起了手裡的鉗子，猛的一使勁兒。

「啾——」醫院裡，啾多傳出一聲慘叫，「啾！拔錯了啾！」

「怎麼會拔錯？」棕熊醫生摸摸腦袋，不明所以的問，「右邊的臼齒，沒錯啊！」

啾多這時已經從躺椅上蹦了

起來，他再也不敢讓棕熊醫生看病了。啾多一邊捂著腫起的臉跑出診間，一邊淚眼汪汪的說道：「啾，我的右邊，是你的左邊啾！」

聽完啾多可憐的遭遇，尼爾豹同情的看著啾多，問：「所以棕熊醫生不僅沒有拔掉你的壞牙齒，還把你的好牙齒拔掉了？」

「對，就是這樣的啾。」啾多連連點頭，隨後氣憤的數落道，「這個棕熊醫生，實在太不負責任了啾，我後來才知道，他幾乎每天上班都喝得醉醺醺的，坑害了不少病人。奇怪的是，向醫院投訴完全沒用，棕熊醫生每年仍能順利通過醫師考試。我也只能自認倒楣了啾，唉……」

啾多長歎了一口氣。他埋著頭，匆匆吃完了便當，然後擦擦嘴走出了貓爪便利店。尼爾豹望著他的背影，也學著啾多歎了一口氣：「唉，啾多真是太可憐了啾。我一定得想辦法教訓一下棕熊醫生，是不是需要向祕密小姐報告，然後制訂一個行動計畫呢？」

尼爾豹搔了搔下巴，轉著眼珠想了想，忽然靈光一閃，臉上露出一個自信的笑容：「嘿嘿嘿……不用不用，對付一個醉酒的糊塗醫生，簡直是小菜一碟。這次，就包在我月光幻影身上了！」

幾天之後，一隻渾身漆黑的黑豹來到了草原城醫院門口的廣場上。他戴著一頂破舊的草帽，不聲不響的混跡在熱鬧的人群中，眼珠子滴溜溜的轉著。沒錯，這隻黑豹就是由尼爾豹假扮的。

草原城醫院的醫生們此時也都聚集在廣場上。原來，每年的這一天，醫生們都要進行醫師考試，只有通過考試的醫生才能繼續行醫。現在考試已經結束，醫生們都在廣場上等著羊駝院長宣布最終的考試結果。

「喂，喂，月光幻影，能聽到嗎？」尼爾豹耳朵中的貓爪通訊器裡傳來雪莉貓的聲音，「這次行動，你確定你一個人就能搞定嗎？」

尼爾豹雙手交叉抱在胸前，信心滿滿：「放心吧，祕密小姐，我的計畫堪稱完美。你那句台詞怎麼說的來著？對了，一切都在我的計畫之中。」

雪莉貓撲哧一笑：「好吧好吧，本來我已經收到了不少病人的委託，請求我們教訓不負責任的棕熊醫生，我正打算聯繫土撥鼠情報隊，制訂行動計畫呢。既然你這麼有信心，那就先讓你試一試吧。」

尼爾豹拍了拍胸脯：「你就放心吧。不過我先說好了，祕密小姐，節省下來的情報費可得歸我，這樣，我就能順便賺上一筆了，哈哈哈，我簡直是個天才！」

「好吧，月光幻影，下面我就看你的表演了。待會兒計畫失敗了，可不要喊救命喲。」

尼爾豹笑著點點頭，他知道他的計畫萬無一失，是絕對不會失敗的。

2

黑豹求醫

熱鬧的廣場安靜下來，草原城醫院的羊駝院長走到了最前面的講台上。他順了順自己那飄逸的長髮，說道：「各位，經過公平、公正、公開的考核，我宣布，今年醫師考試的最終結果是——全員通過！」

結果剛一宣布，廣場上就響起了竊竊的議論聲。

「啊，棕熊醫生考核又通過了？我明明看見他考試的時候喝得東倒西歪，手術刀都拿不穩！」

「唉，完了完了，這個棕熊醫生又要繼續害人了。」

「咳咳……」眼見質疑聲越來越大，羊駝院長乾咳了兩聲，讓廣場安靜下來，「時間不早了，既然大家沒什麼問題，那麼我宣布，本次醫師考試圓滿結束！」

羊駝院長說完，正準備離開講台，這時，人群中有一個響亮的聲音說道：「等等，俺有問題！」

廣場上的人們紛紛轉過頭去，好奇的望著說話的人。他們看見一隻戴著破舊草帽、穿著綠色褲子的黑豹，在廣場中央叉開腿站著。羊駝院長走到黑豹面前，問：「你……你……你有什麼問題啊？」

尼爾豹假扮成的黑豹笨拙的搔了搔腦袋，說：「俺來醫院，肯定是身體有問題嘛。不僅俺身體有問題，俺們村的班尼大叔身體也有點小問題，俺和他來城裡看病，瞧見醫生們都在廣場上，正好請醫生幫俺們診治診治。早點治好了，俺們還趕著回村種地呢。」

羊駝院長心裡有些不滿，但他一直營造著自己善良仁慈的形象，所以在眾目睽睽之下，他也只好勉強一笑，答應道：「既然是小問題，我就讓在場的醫生們給你們看一看，看完了你們就趕緊回家去吧。」

黑豹喜出望外的說：「好，俺聽說草原城醫院的棕熊醫生醫術最高明，俺要請他來給俺們看病。」

「啊，這……」羊駝院長似乎有些為難，支支吾吾的，沒有回答。棕熊醫生這時走到羊駝院長身邊，低聲說：「院長，現在已經不好拒絕了。不過我還沒喝醉呢，看病沒問題，你就放心交給我吧。」

羊駝院長只好點點頭：「好吧，不過我得做好最壞的打算……」

羊駝醫生說完，退出了人群。棕熊醫生則挽起自己的袖子，寬大的熊掌一揮，對黑豹說道：「說吧，你們身體有什麼問題？」

憨厚的黑豹喜滋滋的點點頭，他舉起右手，打了一個響指，一位佝僂著背、戴著口罩的病人從人群中慢悠悠的走了出來。黑豹攙扶著這位病人，對棕熊醫生說：「這是俺們村的班尼大叔，最近他總是腿腳不靈活，背也直不起來，棕熊醫生，你說這可怎麼辦？」

棕熊醫生瞧了瞧班尼大叔，用熊掌摸了摸班尼大叔的後背，在背上摸到一個大大的腫包。棕熊醫生點點頭，自信的說：「嗯，小事一樁，這是駝背造成的嘛，等會兒我給他做個手術就好了。」

「啊，駝背造成的？還要做手術？」黑豹張開嘴，表情十分誇張。

「怎麼啦？你不相信一個專業醫生的診斷嗎？」棕熊醫生有些不滿的問。

黑豹搔了搔頭，結結巴巴的說：「那……那倒沒有……只是……只是班尼大叔是一頭駱駝啊！」

班尼大叔這時取下口罩，脫下外套，他果然是一頭駱駝！廣場上的人紛紛議論起來，還有人捂著嘴偷笑：「聽見了嗎？棕熊醫生要給一頭駱駝治駝背！」

棕熊醫生抹了抹額頭上的汗水，慌忙說道：「呃，這是我的一時失誤。嗯，對，失誤，下次肯定不會再錯了。」

黑豹這時咧嘴一笑：「好好好，俺相信你是一時失誤，棕熊醫生，現在你給俺看看病吧。」

棕熊醫生問道：「說吧，你怎麼了？」

只見這隻黑豹忽然鼻子一皺，嘴巴一撇，帶著哭腔講起來：「俺也不知道俺怎麼了。大家都看到了，俺是一隻黑乎乎的黑豹，但是不久前，俺腿上卻開始長出綠色的斑點。斑點越長越多、越長越多，俺看了好多醫生都醫不好，棕熊醫生，你一定要救我！」

黑豹一邊可憐兮兮的說著，一邊撩起自己的褲管，大家看到他腿上果然有許多綠色的斑點。

棕熊醫生也吃了一驚，心裡想：「這……我從來沒見過這種情況啊。」

但他表面上依舊保持著一個醫生的威嚴，他清了清嗓子，說道：「我知道了，這是一種非常罕見的疾病，這是……嗯……變異造成的！」

「啊，變異！」黑豹一下子哭出聲來，「嗚嗚嗚，那俺該怎麼辦啊？」

棕熊醫生瞇著眼睛說：「唯一的辦法嘛，只有趕在病情惡化之前，進行截肢……」

「啊？」一聽棕熊醫生這麼說，黑豹叫得更大聲了，「棕熊醫生，其實……其實俺根本沒病，俺腿上長出斑點，是因為俺這條綠色的褲子掉色！」

廣場上響起一陣大笑。棕熊醫生已經滿頭大汗，愣愣的站在原地。這一次，他再也不能用失誤來掩飾了，所有人都看到了他的醫術有多麼糟糕，以後他肯定不能再繼續行醫了。

「完美的計畫取得了完美的成功！我簡直就是天才。接下來，輪到我帥氣登場了！」尼爾豹心裡這樣想著，得意的一笑，正準備卸下偽裝，說出帥氣的登場詞。

突然，啪的一聲，一張大網從天而降，將準備變身成月光幻影的尼爾豹牢牢罩在裡面。

「怎麼回事?!」尼爾豹吃驚的左望望，右看看，這一切發生得太過突然，他完全沒有任何防備。

羊駝院長不知什麼時候悄悄來到了尼爾豹的身後，他放下手裡的捕網發射器，拍了拍手，嘿嘿一笑。「還好我早就為你們這些到醫院鬧事的傢伙做好了準備。各位——」他提高聲調，對廣場上的所有人說道，「我現在已經查明，這隻黑豹是別的醫院專門派來搗亂的，就是想抹黑我們草原城醫院，抹黑我們的棕熊醫生。那個什麼班尼大叔，是這隻黑豹請的演員，你們看，他已經逃之夭夭了！」

大家扭頭一看，班尼大叔果然已經跑得

沒了蹤影。

還是黑豹模樣的尼爾豹趕忙解釋：「班尼大叔的確是我請的演員，但我這麼做，只是想讓大家看看棕熊醫生的真實水準。」

「哼，胡說！」羊駝院長打斷了黑豹，「棕熊醫生是我們草原城醫院醫術最高明的醫生！他剛剛做的一切，只是為了拖延時間。」

棕熊醫生趕忙配合的點點頭：「對，沒錯，就是這樣的。我早就看出來他們在演戲，所以才胡亂診斷的。」

羊駝院長得意的摸了摸頭髮，盯著黑豹說：「好啦，不跟你廢話了， 你不是身體有問題嗎？我現在就把你送到醫院裡頭去，好好的治療治療，看你以後還敢不敢來搗亂，嘿嘿嘿！」

「放開我！」黑豹在網中掙扎著，憤怒的喊道，「羊駝院長，你居然這樣顛倒黑白！好哇，我明白了，原來就是你一直在包庇棕熊醫生。你知道你們害了多少病人嗎?!」

羊駝院長大笑起來：「你在說什麼呀？我們草原城醫院，可是一直以救死扶傷為己任。來人啊，把他給我抬到醫院裡去，我可不能輕易饒了給我們醫院潑髒水的人！」

羊駝院長大手一揮，立即有幾個身材魁

梧的水牛保全衝過來，把這隻搗亂的黑豹抬起來，像抬著一個大粽子，朝醫院嘿咻嘿咻的走去，羊駝院長則在後面押送著。

尼爾豹盤腿坐在網中，不得不承認，自己的計畫已經徹底失敗了。他雙爪托著下巴，想道：「唉，千算萬算，算漏了羊駝院長和棕熊醫生是一夥的……完了完了，這次被困住了……」

尼爾豹撇撇嘴，歎了一口氣說：「好吧。看來，我只有使用最後的祕密武器了。」

3

醉酒「神醫」

尼爾豹最後的祕密武器是什麼呢？只見他抬起爪子，輕輕按了按耳朵裡的貓爪通訊器的按鈕，有些無可奈何的說：「喂，祕密小姐，救命——」

貓爪通訊器裡傳來雪莉貓清脆的笑聲：「呵，月光幻影，你說什麼？我怎麼有點聽不清楚。」

尼爾豹也沒有什麼丟臉的感覺，連續說了好幾聲：「救命！救命救命救命……」

祕密小姐回道：「哦，原來如此，祕密小姐收到。」

抬著尼爾豹的隊伍已經走進醫院的大門，這時，穿著醫師袍的豹貓小姐來到他們面前，攔住了他們。

「不好意思，我來晚了。」豹貓小姐欠了欠身子，優雅的說。

羊駝院長打量著豹貓小姐，疑惑的問：「你是誰？為什麼擋著路？」

豹貓小姐微笑著回答：「羊駝院長，我是奈莉醫生，是您邀請我到草原城醫院做研究的，您忘了嗎？」

「哦，奈莉醫生！」羊駝院長一拍腦門兒，「瞧我這記性！您就是伊洛拉醫學院的高材生、伊洛拉群島最權威的腦科醫學專家奈莉醫生？百聞不如一見，想不到您如此年輕！不過……我記得您不是一週後才會到草原城醫院嗎？」

豹貓小姐眨了眨眼睛：「因為醫學院的工作最近比較空閒，所以我就提前出發了。羊駝院長，難道你不歡迎我嗎？」

羊駝院長滿臉堆笑的說：「歡迎，當然歡迎！奈莉醫生的到來，一定會大大提高我們醫院的知名度！」

奈莉醫生點點頭，說：「抱歉的是，我一來就給你們添了麻煩。其實這隻搗亂的黑豹是我的病人，他的大腦……呃，有點問題，他偷偷從醫學院跑了出來，還好被你抓住了。這隻黑豹是我非常重要的醫學實驗對象，現在請你把他交還給我吧。」

奈莉醫生朝尼爾豹使了個眼色，尼爾豹明白過來，奈莉醫生就是雪莉貓假扮的。

尼爾豹撇了撇嘴，雖然心裡有點不情不願，但又不得不配合雪莉貓的表演。尼爾豹突然抱住自己的頭，大聲喊道：「啊！俺的頭好痛！俺的腦子真的有問題！奈莉醫生，快救救俺！」

羊駝院長看了看奈莉醫生，又看了看被逮住的黑豹，心裡想：「奈莉醫生是權威專家，可得罪不起。算了，諒這隻黑豹也不敢再來搗亂。」

羊駝院長順了順自己的頭髮，笑著點點頭：「好，既然他是奈莉醫生的病人，我當然得要配合才行……你們幾個，還不趕快把他放下來！」

尼爾豹終於得救了。羊駝院長和水牛保全們走遠之後，尼爾豹活動著痠痛的肌肉，憤憤不平的說：「想不到，我的完美計畫居然失敗了！不過也不能怪我，只能怪這個羊駝院長太過陰險狡詐。看來只有教訓了羊駝院長，草原城醫院才不會繼續出現像棕熊醫生這樣的人。」

雪莉貓望著羊駝院長遠去的背影，臉上

浮現出神祕的笑容，說道：「放心吧，我早已經有了一個完美的計畫……」

尼爾豹忽然轉過頭看著雪莉貓，瞪著眼問道：「祕密小姐，該不會連我被抓也是你計畫的一部分吧？」

雪莉貓依舊面帶笑容：「這個嘛，自然也在我的計畫之中。」

「早知道我就不讓你來救我了！」

「我也不想來啊，不過——剛剛是誰在連連喊救命呢？」

「呃……啊……呃……不說這個了，我們還是趕快實施計畫吧！」

那天之後，雪莉貓就以奈莉醫生的身分正式留在了草原城醫院。醫院特意為雪莉貓開設了一間研究室，就在羊駝院長辦公室的隔壁。雪莉貓每天在研究室裡閉門不出，大家輕聲經過研究室門口時，都以為大名鼎鼎的奈莉醫生在裡面進行大腦醫學研究。

幾天之後，一個晴朗的早上，羊駝院長來到草原城醫院，準備開始一天的工作。他走到自己的辦公室門口，掏出鑰匙打開了門，正準備邁步進去，結果卻「哎喲」一聲，摔了個四腳朝天。

「羊駝院長，你沒事吧？」奈莉醫生從研

究室裡走出來，扶起了羊駝院長。

羊駝院長揉著自己的腿，說道：「沒事沒事，只是不知道最近怎麼了，走路老摔跤，難道是我老了？」

奈莉醫生微微一笑：「沒事就好，走路摔跤也是常見的事。只要不像我研究的一些病例那樣，明明兩腿正常，走路卻一跛一跛的就好。」

「明明兩腿正常，走路卻一跛一跛……」羊駝院長低聲重複了一遍，忽然有些不安，「我最近似乎就有這樣的感覺……」

「啊？」奈莉醫生做了一個非常驚訝的表情，「羊駝院長，你可不要開玩笑，一般出現這種情況，都是大腦神經出現了問題！」

「啊，大腦神經……出現了問題……」羊駝院長有些慌了，趕忙問，「那還有什麼別的症狀嗎？」

奈莉醫生嚴肅的說：「大腦神經出現問題之後，還會影響到人的認知能力，視覺和味覺會出現差錯。比如，雖然你拿起的是一個蘋果，吃起來的味道卻像是一個梨子……」

羊駝院長嚥了一口口水，呆呆的說道：「昨……昨晚看電視的時候，我拿起一個紅紅的、圓圓的蘋果，一口咬下去，結果那味道，分明是梨子……」

「糟糕！」奈莉醫生湊近羊駝院長，做了個「噓」的手勢，壓低聲音說，「噓——羊駝院長，看來你的大腦神經真的出了問題，你可千萬別聲張！目前情況並不嚴重，吃點安神藥就好。不過要是有一天，你看到的陽光變成了綠色，病情就到了非常嚴重的程度，需要馬上治療，明白了嗎？」

「明……明白了……」羊駝院長點著頭，臉色蒼白的走進自己的辦公室。

奈莉醫生臉上帶著一絲不易察覺的笑容，也回到了自己的研究室裡。

一切不出她所料，幾分鐘之後，研究室的門就被猛的推開，羊駝院長衝了進來，一屁股癱坐在地上，淚眼汪汪的喊道：「奈莉醫生，救命，救命！」

原來，剛才回到自己的辦公室之後，羊駝院長的腦海中就不停迴響著奈莉醫生對他說的話：

「大腦神經出現了問題……」

「看到的陽光變成了綠色，病情就到了非常嚴重的程度……」

羊駝院長越想越害怕，使勁兒擺了擺頭。他走到窗前，拉開窗簾，想讓窗外明媚的陽光照射進來。陽光透過窗戶照進來了，羊駝院長卻猛吸了一口氣，眼睛因為驚詫而睜得又大又圓。他看到窗外的陽光，還有陽光照射著的一切，都變成了綠色！

看著眼前綠色的世界，羊駝院長難以置信的揉了揉眼睛，腦海裡又迴響起奈莉醫生的話：「看到的陽光變成了綠色，病情就到了非常嚴重的程度……」

羊駝院長發出「哎呀」一聲慘叫，不顧一切的衝進奈莉醫生的研究室裡，懇求奈莉醫生救自己一命。

奈莉醫生扶起癱坐在地的羊駝院長，臉

上的神情異常凝重，她語氣中充滿緊張：「羊駝院長，聽你這麼說，你的大腦神經應該出現了嚴重的問題。幸好我在這裡，否則的話，整個伊洛拉群島也沒有人能救你了。我們現在必須馬上進行治療！」

羊駝院長快速點著頭，帶著哭腔說道：「對對對！抓緊時間！奈莉醫生，你一定要把我治好哇！」

奈莉醫生鄭重的點點頭：「羊駝院長，你放心吧，我一定會盡我的全力。我這裡有最先進的大腦檢查儀器，你先去換上病人服，然後躺到手術台上，我會給你做一個詳細的檢查。」

羊駝院長把奈莉醫生看作自己的救命稻草，十分聽話的照辦了。

趁著羊駝院長換衣服的時候，奈莉醫生抹了抹額頭上的汗水，舒了一口氣。她悄悄的說：「計畫順利進行。月光幻影，你做好出場準備了嗎？」

貓爪通訊器裡傳來尼爾豹興奮的聲音：「早就做好準備啦！對了，祕密小姐，羊駝院長走路一跛一跛的，是因為我給他換了一雙鞋底高低不平的鞋；吃到的蘋果變成了梨子，是因為我把梨子的皮塗成了紅色賣給他。但他看到的陽光變成了綠色，這是怎麼做到的啊？」

「這還不簡單。」雪莉貓懶洋洋的回答道，「我只是給他辦公室的窗戶貼了一層綠色的窗戶紙。」

研究室的門被再次推開，羊駝院長換了一身病人服，自己乖乖的躺在了手術台上。奈莉醫生給羊駝院長的腦袋套上了一個閃著紅綠燈的頭盔，假裝做了一番大腦檢查，然後搖搖頭說道：「情況非常不樂觀啊，羊駝院長，必須馬上進行手術！」

羊駝院長有些遲疑：「啊，手術……」

奈莉醫生緊張的說：「不能猶豫了，我們必須爭分奪秒，否則，你的大腦會陷入一片混亂，到時候就來不及了！」

羊駝院長咬緊嘴脣：「好，手術就手術吧，奈莉醫生，我相信你的醫術！」

奈莉醫生點點頭，但她沒有立即進行手術，而是皺著眉頭說道：「羊駝院長，我擅長診斷，卻不擅長外科手術。你稍等，我去找一位草原城醫院的醫生來幫忙。」

說完，奈莉醫生走出了研究室。雖然這一切看起來都完全不符合一台手術該有的流程和衛生標準，但是說到底羊駝院長本身就是一個不了解這些規章制度的冒牌醫生。羊駝院長滿心只有自己的病情，他躺在手術台上靜靜等待著，覺得每一秒都是那麼漫長。過了一會兒，一個讓他心驚肉跳的聲音傳了過來：「啊哈，院長的手術，肯定得由我親自操刀才行！」

羊駝院長如果不是戴著頭盔無法動彈，此時肯定已經從手術台上一蹦而起了。他扯著嗓子喊道：「奈莉醫生，你……你怎麼找棕熊醫生來幫忙啊？」

「嘿嘿，院長，你可是親口說過，」棕熊醫生捏著鼻子，學羊駝院長說話，「棕熊醫生是我們草原城醫院醫術最高明的醫生！」

看到棕熊醫生走了進來，羊駝院長一下子反悔了，他坐起來說：「奈莉醫生，我……我不做手術了！」

奈莉醫生驚訝的問道：「羊駝院長，你確定不做手術了嗎？你這會兒有沒有感覺頭上汗流不止，身上忽冷忽熱，心臟怦怦直跳，毛髮根根豎起？」

羊駝醫生結結巴巴的說：「是……是啊，我一看到棕熊醫生進來就這樣了。」

奈莉醫生點點頭，臉上的表情十分嚴峻：「這說明你的神經正處在崩潰的邊緣，你的大腦正在瘋狂和理智之間不停的搖擺。羊駝院長，這必須馬上動手術才行，一秒鐘也不能耽誤！」

羊駝院長戰戰兢兢的答應道：「啊，那……那好吧……」

看到羊駝院長被嚇得臉色慘白的樣子，尼爾豹假扮的棕熊醫生捂著嘴笑起來。他邁步走上前去，用皮帶把羊駝院長固定在手術台上，取下羊駝院長戴著的頭盔，活動活動手指，說道：「院長，不要浪費時間了，讓我們開始吧！」

羊駝院長仰面躺在手術台上，眼前只能看見亮晃晃的天花板。他不停的低聲祈禱著：「上天保佑，手術一定要成功啊，一定要成功啊……」

「嗝——」這時，棕熊醫生打了個嗝，羊駝院長聞到一股濃烈的酒精味。

奈莉醫生問道：「棕熊醫生，難道……你喝了酒？」

「喝了，嗝——這麼多——」棕熊醫生對著天花板伸出一根粗粗的手指。

奈莉醫生問：「喝了一瓶？」

棕熊醫生擺擺手指說：「不對，我的意思是，一直在喝。不過沒關係，我還清醒著呢。

哎，躺著的羊駝院長怎麼在旋轉？呃，不對，是我自己有點站不穩了，嘿嘿。」

一直在喝酒，都站不穩了！羊駝院長一聽這話，心一下子提到了喉嚨口。

丁鈴噹啷。羊駝院長聽到一陣清脆的響聲，好像是棕熊醫生在找什麼東西。

棕熊醫生問：「咦，我的手術刀呢？怎麼找不到了？」

奈莉醫生說：「棕熊醫生，你該不會連手術刀都沒帶吧？」

棕熊醫生說：「算了，懶得找了。要不就用這把刀代替吧，反正都是刀，用起來應該都一樣。」

奈莉醫生問：「看起來寒光閃閃的，這是什麼刀啊？」

棕熊醫生說：「水果刀嘛。」

奈莉醫生問：「有這麼長、這麼寬的水果刀嗎？」

棕熊醫生說：「這是我剛才用來切西瓜的，準確的說，是西瓜刀。」

奈莉醫生問：「用西瓜刀來做手術，你確定嗎？」

棕熊醫生說：「我相信我的技術。」

棕熊醫生和奈莉醫生在羊駝院長的耳邊

一句接一句的說著，語氣十分平靜，然而在羊駝院長聽來，每一句話都像一把刀扎在他的心上。他渾身不自覺的顫抖起來，掙扎著想要起身，但卻因被牢牢綁在手術台上而無法動彈。

天花板方向，一把西瓜刀的影子在羊駝院長的眼前晃過，只聽棕熊醫生信心滿滿的說：「奈莉醫生，我準備好了。」

奈莉醫生指著某個地方說：「在這裡切開一個小切口就可以了。」

棕熊醫生應道：「好！嗝——」

寒光一閃，羊駝院長只覺得頭上一涼，隨後，一縷縷白色的毛髮被風吹起，在他眼前四散飄飛。這熟悉的毛髮……啊，這是羊駝院長最為珍惜的那一頭飄逸的長髮，如今已經與他的腦袋永遠分離了！

「不好意思，這一刀歪了。下一刀，一定會瞄準目標。」棕熊醫生說道，再次舉起了西瓜刀。

羊駝院長再也忍不住了，他哇的一下哭出聲來：「嗚啊！救命，我不做手術了！」

他哀號著，渾身忽然爆發出從來沒有過的巨大力量，猛的扯斷了身上綁著的皮帶，連滾帶爬的跳下手術台，踉蹌著往研究室外面跑去。

「院長，你別跑啊，回來！」尼爾豹假扮的棕熊醫生衝著羊駝院長的背影喊道。羊駝院長一溜煙跑遠了，尼爾豹扭扭腰，熱熱身，追了出去。

草原城醫院裡，有不少來看病的動物，

他們沒想到竟然能看到這樣百年難得一遇的奇觀：以往風度翩翩的羊駝院長，此時穿著一身病人服，光著腳丫子，慌不擇路的一路狂奔，同時還捂著自己的腦袋，大聲的喊著救命。而棕熊醫生則扭動著胖乎乎的身體，像一條泥鰍似的鑽過人群，在後面窮追不捨。

「院長，回來，手術還沒結束呢！」棕熊醫生喊道。他和羊駝院長一個跑，一個追，在草原城醫院繞著圈，連正在診間裡看病的醫生們都把頭探出門外，好奇的看著眼前的一切。

羊駝院長扯著嗓子喊道：「保全人員，快，快把棕熊醫生給我攔住！」

水牛保全們得到命令，點點頭：「好！看來羊駝院長也怕看醫生打針嘛！」

水牛保全們衝出來，攔在棕熊醫生面前。然而棕熊醫生的身手卻異常敏捷，他一把掀開自己的醫師袍，抬起手臂，嗖的一聲發射出飛繩。飛繩鉤住房梁，棕熊醫生手往回一縮，整個身子便騰空而起，輕鬆的越過了水牛保全們。大家看著在天上飛翔的棕熊醫生，都呆呆的瞪大了眼睛。

羊駝院長哭喪著臉，一邊跑，一邊喊道：

「別追我了，棕熊醫生，讓你給我做手術，我會沒命的！」

棕熊醫生大聲說道：「不可能！我是草原城醫院醫術最高明的醫生，我每年都能通過醫師考試呢！」

「假的假的，都是假的！」羊駝院長喊道，「你忘了嗎？因為你是我妻子的表妹的外甥的姊姊的舅舅，又給了我不少好處，我才每年幫你作弊通過醫師考試！還有好幾個醫生都是這樣通過的！」

棕熊醫生問：「那病人投訴醫生的話怎麼辦啊？」

羊駝院長什麼都不在乎了，一邊跑，一邊說：「投訴有什麼用，我根本不理會。要是有鬧事的，我就讓水牛保全們把他們抓起來！哎喲，棕熊醫生，求求你別追我了！」

羊駝院長慌不擇路，這時已經被逼到牆角。面對步步逼近的棕熊醫生，羊駝院長縮著身子，屏住呼吸，絕望的閉上了雙眼。

這時，只聽見嘩啦一聲，羊駝院長把眼睛睜開，一直窮追不捨的棕熊醫生不見了，他的眼前只有一個身穿黑紅色風衣的帥氣身影，緩緩從空中降落。

羊駝院長睜大了眼睛，難以置信的問

道：「你……你不是棕熊醫生？」

月光幻影微微一笑：「維護正義也是一門藝術，各位，歡迎來到貓爪怪探團的表演時間。我是你們熟悉的月光幻影，當然，也是醫術『高明』的棕熊醫生。」

看到這一切，羊駝院長使勁搖了搖自己的腦袋：「我出現了幻覺！完了完了，我的大腦神經已經徹底壞掉了！」

月光幻影看著羊駝院長，不慌不忙的說：「羊駝院長，你看到的不是幻覺，你的大腦神經也完全沒有問題。棕熊醫生和奈莉醫生是我和祕密小姐假扮的，我們只是想用這種方式讓你說出事情的真相。不信你摸一摸，你腦袋上的頭髮還在喲！」

羊駝院長一摸腦袋，自己的寶貝頭髮真的還在！

月光幻影盯著羊駝院長，目光一沉：「羊駝院長，剛才躺在手術台上，你肯定深刻體會到了一個病人面對不負責任的醫生時，內心有多麼無助和絕望！你和棕熊醫生的這種行為，不僅辜負了病人的信任，還是在犯罪！」

「我錯了，我真的知道錯了……」羊駝院長連連說道。他看著周圍望向他的病人，第一次真正體會到了他們的心情。他低下頭，流下了悔恨的淚水：「是我以前太糊塗了，我願意接受所有懲罰！我在此保證，以後草原城醫院的病人，都會得到妥善的治療！」

月光幻影咧嘴一笑：「你最好說到做到！否則，我還會來給你看病的！好啦，計畫圓滿成功，各位，再見！」

一陣風揚起月光幻影風衣的下擺，他射出飛繩，瀟灑的身影在空中一閃，便消失得無影無蹤，只在身後留下了許多印著貓爪圖案的卡片。

第二天中午，啾多衝進了貓爪便利店：「尼爾豹，一盒便當啾！」

尼爾豹把便當遞給啾多，看到他滿臉的笑容，問道：「啾多，今天怎麼這麼開心啊？」

啾多一邊大口嚼著便當，一邊說道：「尼爾豹，你不知道啾，草原城醫院的羊駝院長和所有不負責任的醫生都被處罰啦！醫院還給我免費補了牙，我現在吃飯更香了啾。尼爾豹，倒是你，怎麼一副愁眉苦臉的樣子。」

尼爾豹歎了一口氣：「唉——別提了。」

原來，昨天行動結束之後，尼爾豹向雪莉貓描述著自己的出場有多麼帥氣時，興奮的說：「祕密小姐，這次行動大獲成功。對了，我幫你節省的情報費，記得算到我頭上喲！」

尼爾豹擠了擠眼睛，雪莉貓卻微微一笑：「可是，我辦的是土撥鼠情報隊的年卡，根本不用省錢啊！」

尼爾豹大喊：「啊！我還自己掏腰包請了臨時演員，那我豈不是虧得更多了？什麼時候才能還清欠款啊！祕密小姐，你怎麼不早說？你就是想聽我喊救命吧！」

第9集：職業道德

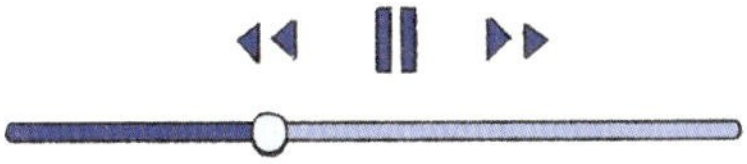

各位委託人，歡迎來到祕密小姐的電台時間。

在剛才的故事中，棕熊醫生總是在工作的時候喝得醉醺醺的，造成了許多醫療事故，這是非常不遵守職業道德的表現。

那麼什麼是職業道德呢？職業道德指的是人們在從事工作時應當遵循的行為準則，不同的職業有不同的職業道德，只有遵守職業道德，各司其職，社會才能良好運轉。對了，學生也應該遵循「職業道德」喲！那就是遵守紀律、努力學習。各位委託人，你們遵循自己的「職業道德」了嗎？

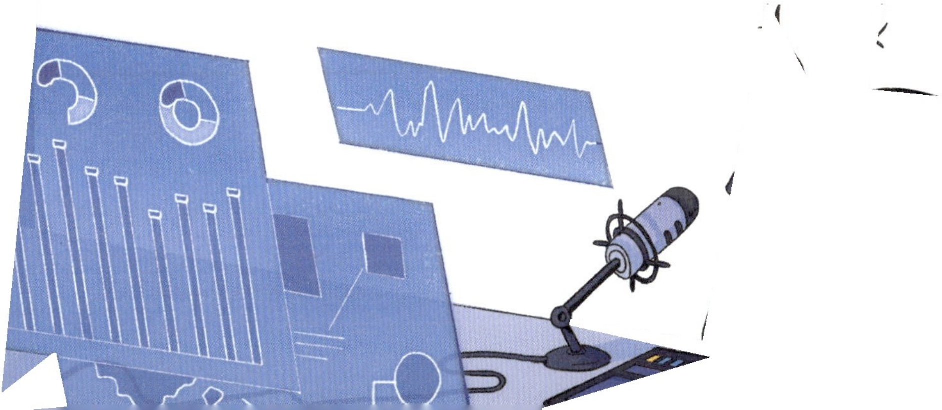

4

保持身材的祕密

清晨，尼爾豹打著哈欠，伸著懶腰，在貓爪便利店裡做著早上的準備工作。這時，一隻穿著白色馬甲的倉鼠腳步飛快的從貓爪便利店門口經過，動作俐落的往便利店門縫裡塞了張傳單，然後就立馬跑開了。

尼爾豹把傳單撿了起來，只見那傳單上寫著「白兔小姐同款按摩減肥腰帶」。

最近，尼爾豹幾乎天天都能看見這個傳單，他把傳單揉成一團，直接丟進了垃圾桶。

拎著公事包的啾多推開便利店的門走了進來，尼爾豹招呼道：「早啊，啾多！」

見啾多皺著眉、捂著肚子，尼爾豹不由得擔心的問：「你怎麼了？肚子不舒服嗎？」

沒想到啾多原本緊皺的眉心突然舒展

開來，只見他胳膊一抬，掀開自己的西裝外套，指著腰上戴著的寬腰帶，炫耀的說：「是這個腰帶啦啾！我昨天好不容易才買到的，這可是歌手白兔小姐也在用的按摩減肥腰帶，超級有用的啾！嘶……就是我今天剛剛開始用，還有點不習慣呢啾，先給我來兩個包子啾。」

尼爾豹從保溫櫃裡拿出兩個包子遞給啾多，勸道：「啾多，我覺得你少吃幾個包子就能減肥了，為什麼要用這個減肥腰帶虐待自己啊？」

啾多一臉不贊同的回答：「我就是為了多吃點才買這個按摩減肥腰帶的啾，白兔小姐說了，只要每天用足八個小時，呃……不需要少吃就能減肥啾！白兔小姐的身材可好了啾，她說她就是用這個按摩減肥腰帶保持身材的！」

啾多捏著一個包子，一會兒痛呼，一會兒又豪情萬丈的說：「啾……我今天要吃三個，不，四個包子啾！」

雖然啾多這麼說，但最後他因為不太適應按摩減肥腰帶帶來的疼痛感，甚至連自己手裡的兩個包子都沒有吃完。尼爾豹看著啾多捂著肚子一瘸一拐的離開便利店，總覺得哪裡不對勁。

時間一晃就過去了五天，這五天裡，啾多嚴格按照白兔小姐說的，每天戴足了八個小時按摩減肥腰帶。他居然真的瘦了，但與此同時，啾多的精神狀態卻變得很不好。

毛色明顯暗沉了許多的啾多有氣無力的

推開門走進便利店，又有氣無力的買了個包子：「早啊尼爾豹，呃，給我來個包子啾。」

他動作機械的嚼著包子，沒精打采的衝尼爾豹揮了揮手，然後就行動遲緩的離開了便利店。

尼爾豹看著啾多的背影，充滿懷疑的嘀咕道：「用這個按摩減肥腰帶減肥真的沒問題嗎？」

傍晚，尼爾豹和比比格交班之後，打著哈欠往庫房走去。

當他乘坐電梯到達貓爪怪探團的地下基地時，雪莉貓正坐在電腦前，不知道在看些什麼。

尼爾豹像沒骨頭似的躺到了沙發上，懶懶的問：「雪莉貓，你在看什麼呢？」

雪莉貓戳了戳電腦螢幕說：「我在看大家對那個按摩減肥腰帶的評論。」

尼爾豹好奇的問：「怎麼樣？是不是有很多負評？」

雪莉貓搖頭：「恰恰相反，網上對於這個按摩減肥腰帶的評價都非常好，我都沒看到負評。」

「啊？你看啾多用完按摩減肥腰帶的那個樣子，怎麼可能沒有負評？這其中一定有問題……」尼爾豹的話音剛落，就聽見電腦裡傳出了接收到新委託信的聲音，他往電腦的方向抬了抬下巴說，「你先看。」

雪莉貓轉過頭，剛滑動滑鼠點開這封新委託信，就「咦」了一聲。

尼爾豹問：「怎麼了？」

雪莉貓說：「這封委託信是一條電鰻發來的，委託的內容就和我們剛剛討論的按摩減肥腰帶的評論有關。」

尼爾豹來了精神，噌的一下從沙發上坐了起來，追問道：「委託信裡面說什麼了？」

雪莉貓挪動了位置，讓尼爾豹也能夠看到電腦螢幕上的委託資訊。「這條電鰻說，按摩減肥腰帶根本就沒有效果……」

閃著螢光的螢幕上，黑色的字元傾訴著委託人電鰻的困擾：

我用了幾天，真的一點都沒瘦！然後我就在網上發布了我使用按摩減肥腰帶的真實感受，誰知道那條評論剛發出去沒多久，就有好多自稱是白兔小姐粉絲的人發郵件來罵我，說我是白兔小姐的對手請來的暗樁，說我是騙子，是故意來汙衊白兔小姐的。無論我怎麼解釋，他們都不相信，最終迫於壓力，我只能刪除那條評論。可是，我真的不是別人請來的暗樁呀！貓爪怪探團的各位，拜託你們幫我查明真相吧，被人冤枉的感覺真的很不好……

雪莉貓一拍桌子：「來得早不如來得巧，尼爾豹，我們就接下這個委託吧！」

尼爾豹早就想查一查這個減肥腰帶了，立刻點頭說道：「好，那我們首先應該做什麼呀？」

雪莉貓微微一笑：「首先，我們需要買一條按摩減肥腰帶。」

隨後，在雪莉貓的金錢攻勢下，據啾啾說很難買到的按摩減肥腰帶竟然不到半小時就被快遞員送到了貓爪便利店裡。

雪莉貓從快遞盒裡取出按摩減肥腰帶，左摸摸、右

摸摸，翻來覆去的研究了一番。然後她回到電腦前坐下，啪嗒啪嗒的敲起了鍵盤。

兩分鐘後，雪莉貓看著自己查到的結果若有所思。

她站起身來，將按摩減肥腰帶遞給了躺在沙發上的尼爾豹：「喏，你戴上試試。」

尼爾豹乖乖的從沙發上坐起來，把按摩減肥腰帶戴好，然後打開了腰帶的開關。

在開關打開的瞬間，尼爾豹就覺得自己的肚子像被針扎了似的，雖然不是非常痛，但是感覺特別難受。他忍不住倒抽了口涼氣：「噝……」

下一秒，尼爾豹就直接把腰帶的開關關了，然後一把將腰帶扯了下來，不滿的說：「這是什麼莫名其妙的腰帶？也太讓人難受了吧？」

雪莉貓點了點頭，指了指電腦螢幕，肯定了尼爾豹說的話：「這確實不是什麼合法腰帶。我剛剛就是在調查這款按摩減肥腰帶的製作商，結果發現這個廠商根本就沒有能夠生產這類減肥產品的能力，在這款按摩減肥腰帶大賣前，他們就只是一家普通服裝廠。」

尼爾豹聽得瞠目結舌，不可置信的看著雪莉貓問：「所以，你明知道這款按摩減肥腰帶是『違規』產品，還讓我戴上試用？」

雪莉貓輕咳一聲，趕緊轉移話題：「咳咳，總得試試看效果嘛……哎呀，先不說這個了，我們來說說委託的事吧！」

尼爾豹懊惱的瞪著雪莉貓，但片刻後他還是在雪莉貓威脅的眼神中敗下陣來，敢怒不敢言的輕哼了一聲，順著雪莉貓的話往下說：「哼……那為什麼電鰻說沒效果呢？」

雪莉貓的心中其實已經有了猜測，她戴上工作用的頭盔和護目鏡，把這條腰帶放到了操作台上。經過一番拆解和研究，雪莉貓證實了自己的想法。

「這個腰帶裡面除了一個可以放出電流的小裝置以外，完全沒有什麼值得一看的東西。這個腰帶的減肥原理看來很簡單，就是放電讓戴著腰帶的人覺得不舒服。人一不舒服，自然就不想吃飯，吃得少了，就會變瘦了。」雪莉貓一邊說，一邊搖頭，「這一點都不健康啊。」

尼爾豹頓時恍然大悟：「原來如此……因為電鰻是不怕電的，所以他才會覺得按摩減肥腰帶完全沒有效果呀……那白兔小姐為什麼看起來一點也不痛呢？我昨天晚上可是特意看了好多她戴著腰帶唱歌的影片呢！而且根據她最近放出來的照片，確實能看出來她瘦了呀。」

雪莉貓來到電腦前迅速的敲打著鍵盤，附上按摩減肥腰帶內部構造的照片，發出了一封郵件。

雪莉貓說：「這個問題我也有了一個想法，不過需要借助多古力大師的力量。」

不久後，雪莉貓就收到了自己想要的東西——一個小小的探測儀，據多古力大師說，用這個探測儀能探測出隱藏在物品裡面的放電裝置。

雪莉貓說：「現在演員和道具都已經準備就緒，這場好戲也該開演了！」

深夜，草原城的中心住宅區。

皎潔的明月之下，一道乘著滑翔翼的身影穩穩的降落在了一棟鑽石形狀的別墅屋頂上。

他頭戴面罩，身穿黑紅色風衣，明顯就是裝扮成月光幻影的尼爾豹。而他腳下這棟別墅，就是白兔小姐的家。

尼爾豹悄悄潛入別墅，居然很快就在二樓找到了白兔小姐的衣帽間。尼爾豹本以為輕輕鬆鬆就能找到腰帶，完成任務，沒想到在把整個衣帽間都翻了個底朝天後，他也沒找到那條腰帶。

尼爾豹滿心疑惑的走向下一個房間：「腰帶不放在衣帽間，還能放在哪兒呢？」

疑惑在尼爾豹推開下一扇門的時候就得到了解答：「怎麼這間也是衣帽間?!」

尼爾豹又輕手輕腳的轉了一圈，最終發現這一整層樓居然全部都是白兔小姐的衣帽間。

他痛苦的扶著額頭，搞不明白白兔小姐怎麼會有這麼多衣服。

苦著臉翻找了十多分鐘，尼爾豹才終於在一個放滿了裙子和配飾的房間裡，找到了白兔小姐的那條按摩減肥腰帶。

他拿出多古力大師提供的探測儀，打開開關，在腰帶上一掃，探測儀沒有任何反應，這就說明這條腰帶並不帶電。

尼爾豹覺得奇怪：「既然這條腰帶不帶電，那白兔小姐就不會因為腰帶帶來的疼痛而吃不下飯，這樣的話……她又是怎麼變瘦的呢？」

他帶著滿肚子的疑惑，又躡手躡腳的來到了別墅的一樓。

他觀察了一番，別墅的一樓除了一個廁

所，一個放著沙發和電視的客廳，就只有一個看起來嶄新的開放式廚房。

純白的料理台，純白的灶台，連油煙機上都沒有一點汙漬，明顯很少使用。

尼爾豹在冰箱上發現一張紀錄表，上面記錄著白兔小姐的體重與一日三餐。

看到這張表上的內容，尼爾豹大吃一驚：「我的天哪，這些還不夠我塞牙縫呢！原

今日體重：6.6公斤
早餐：
一個蘋果
午餐：
一碗蔬菜沙拉
晚餐：
一杯檸檬水

來白兔小姐是靠節食減肥來騙取大家對按摩減肥腰帶的信任，這多傷身體呀，而且為什麼要騙人呢……」

雪莉貓的聲音從貓爪通訊器裡傳來：「這就要問問白兔小姐本人了。我剛剛收到消息，下週白兔小姐要在藍天體育館舉辦一場演唱會，我們就定在那天行動。你先回來吧，我們制訂一下作戰計畫。」

「收到！」

5

超級粉絲

下午，距離白兔小姐的演唱會開始還有兩個多小時，藍天體育館的外面就已經站滿了前來的粉絲。

白雲形狀的體育館外牆上，貼滿了巨大的海報，就算是在幾百公尺以外，都能夠清楚的看見海報上戴著按摩減肥腰帶的白兔小姐。

現場有許多志工在維護秩序以及分發按摩減肥腰帶的傳單，忙得不可開交：

「大家排好隊保持秩序！不要擠！」

「按摩減肥腰帶！白兔小姐都在使用的按摩減肥腰帶！」

演唱會後台的人同樣十分忙碌，穿著一條黑色長裙的松鼠經紀人在給志工們分派完任務後，就靠在了牆上，一臉煩躁的用手裡的包為自己扇風。

這時，一個胖乎乎的犀牛志工朝她走了過來，他將手裡端著的杯子遞給松鼠經紀人，又從自己的背包裡取出一個小板凳和一把扇子。他放好小板凳，一邊給松鼠經紀人扇風，一邊說道：「松鼠經紀人您好！這是您最喜歡喝的冰鎮綠茶！您快坐下歇一歇！我來給您

扇風！」

松鼠經紀人確實熱得難受，她乾脆的接受了犀牛志工的好意，在小板凳上坐下，吹著風，喝著冰鎮綠茶，感覺身體漸漸涼快下來，心情大好的問：「你怎麼知道我怕熱，還喜歡喝冰鎮綠茶？」

犀牛志工不好意思的一笑：「嘿嘿，因為我是白兔小姐的超級粉絲，而您是白兔小姐最得力的助手呀。多虧了您，白兔小姐才能心無旁騖的唱歌，為我們帶來那麼多好作品，我很感激您，所以當然要了解您呀！」

松鼠經紀人被恭維得很開心，捂嘴笑著問道：「哦呵呵呵……你是超級粉絲嗎？那你都知道白兔小姐的什麼呀？」

犀牛志工拍著肚皮，嘴巴像是機關槍似的飛速說個不停：「我知道白兔小姐最愛喝的是加海鹽的樹莓果汁，最愛吃的是冰淇淋可可鬆餅。她最喜歡去的地方是戈羅海灘，因為她最愛聽戈羅海灘上海螺的聲音！白兔小姐的身高是45公分，體重是6.6公斤……」

一名路過的兔子志工恰巧聽到，立馬打斷了他：「你胡說！白兔小姐的體重分明是6.4公斤，你是個假粉絲吧！」

犀牛志工被她嚇了一跳，結結巴巴的說：

「啊？這……這怎麼可能呢？難……難道我記錯了嗎？」

犀牛志工急得整張臉都紅了，他兩手捂著腦袋，在原地直打轉，嘴裡慌亂的念叨著：「6.4公斤？這……這……這……這不可能啊……」

這時，松鼠經紀人對著兔子志工微微一笑，安撫道：「沒事啦，你去忙吧，這邊交給我來處理就好。」

兔子志工點了點頭，偷偷瞪了犀牛志工一眼，就蹦跳著離開了。

犀牛志工惴惴不安的搓著手，他看上去腦子裡亂糟糟的，壓根兒不知道該怎麼和松鼠經紀人解釋：「松鼠經紀人，我……我……那個……」

松鼠經紀人的眼底閃過一絲精明的光，心想：「哦呵呵呵……這個犀牛居然連白兔小姐的真實體重都知道，看來真是白兔小姐的超級粉絲啊。」

松鼠經紀人故作神祕的左右看了看，然後小聲的對犀牛志工說：「別緊張，我相信你。你說的才是對的，如果不是真正的超級粉絲，是不可能知道這個數字的。」

犀牛志工激動得眼眶都紅了：「您……您真的相信我？」

松鼠經紀人微笑著拍了拍他的肩膀，點頭道：「哦呵呵呵……當然！而且……」

她頓了頓，見犀牛志工的眼裡充滿了好奇，才繼續說：「因為你是白兔小姐的超級粉絲，所以我決定送你一張演唱會的VIP門票，讓你能直接和白兔小姐面對面互動。」

犀牛志工瞪大了眼睛，幾乎不敢相信自己耳朵所聽到的，他聲音顫抖的發出了一連串的問句：「哇！您說的是真的嗎？您真的會給我VIP門票嗎？我真的可以和白兔小姐面對面互動嗎？」

松鼠經紀人笑瞇瞇的看著犀牛志工：「當然！不過呢……我可能需要你先幫一下我的忙。」

當然，松鼠經紀人此刻在心裡打的小算盤是：「正好今晚的演唱會還缺個和白兔小姐一起打廣告的暗樁，這個犀牛志工剛好合適，而且這可是個免費的勞動力，不用白不用嘛！」

犀牛志工完全不知道松鼠經紀人的目的，只是連忙點頭：「好好好！有什麼事您直說！無論是上刀山還是下油鍋，只要您吩咐，我就一定給您辦到！」

松鼠經紀人擺了擺手：「哦呵呵呵……哪

有那麼危險，不過是我有點累，想讓你幫我搬搬東西罷了。」

「好的好的！」說著，犀牛志工將手伸向松鼠經紀人手裡的包，殷勤的說，「松鼠經紀人，我來給您拿包！可不能讓您累著了！」

然而松鼠經紀人拿著包的手卻突然往後一縮，說：「這包裡就只有一條腰帶和幾張門票，很輕的，我拿得動，你待會兒幫我搬別的東西就行。」

犀牛志工眼睛一亮：「是……是白兔小姐每天在用的那條按摩減肥腰帶嗎？」

松鼠經紀人答：「是呀。」

犀牛志工搓著手，期待的問：「那……那能不能給我摸一下呀？」

松鼠經紀人搖了搖頭：「一條腰帶有什麼好摸的？等會兒你直接和白兔小姐面對面互動不是更好嗎？哦呵呵呵……行了，別磨蹭啦，我們快去搬東西吧。」

犀牛志工雖然有些失望，但還是乖巧的點了點頭說：「好的好的！」

在松鼠經紀人轉身的瞬間，犀牛志工的臉就垮了下來，他煩躁的搔了搔自己光禿禿的腦袋：「唉……如果松鼠經紀人一直抓著包包不放手，我還怎麼把腰帶調包呀？」

原來這個犀牛志工是尼爾豹偽裝的！

他一邊想著辦法，一邊跟著松鼠經紀人忙前忙後。終於，在搬運一落比他個子還高的傳單時，尼爾豹找到了機會。

裝成犀牛志工的尼爾豹故意腳步一晃，傳單就朝前方傾斜了下去，他發出了一聲尖叫：「啊！」

松鼠經紀人聽見聲音回過頭，正好看見傳單朝自己劈頭蓋臉的砸了下來，她連忙抬起胳膊護住臉：「呀——」

尼爾豹趁她看不見，乾脆把手裡的傳單都朝天上撒去，然後驚叫道：「對不起，對不起！我來幫您！」

其實，尼爾豹一邊揮舞著手臂胡亂的拍打傳單，一邊從衣服口袋裡掏出一顆小石子，朝著松鼠經紀人急速丟去：「無敵旋風小石子！」

只聽嗖的一聲，那顆小石子就精準的打到了松鼠經紀人的手腕上。

松鼠經紀人手腕一麻，手裡的小包直直往下掉落。

尼爾豹飛速上前接住了小包，電光石火間，用提前準備好的帶電按摩減肥腰帶換掉了松鼠經紀人包裡的那條腰帶。

裝著腰帶的包掉了，松鼠經紀人也顧不上護臉了，趕緊放下胳膊要去撿包，只見犀牛志工一邊幫她拍打迎面而來的傳單，一邊小心翼翼的護著她的包。

等傳單全部落地，犀牛志工立馬垂下腦袋，兩隻手高高舉過頭頂，手裡托著小包懊惱的說：「對不起，對不起！您被傳單砸疼了吧？都怪我不小心，真的很對不起！」

松鼠經紀人看見犀牛志工的胳膊上有好幾道被傳單劃破的傷痕，想到待會兒還用得上犀牛志工，便強忍住心裡的不高興安撫道：「哎呀沒事，就是一場意外嘛。」

她揉著手腕嘀咕：「不過這個傳單砸人怎麼會這麼痛，就像被石頭砸了一樣……」

松鼠經紀人接過小包，打開並從腰帶邊上拿出一張票遞給犀牛志工。

票上印著白雲形狀的藍天體育館，還寫著「白兔小姐演唱會VIP座位05」。

犀牛志工抓著票，激動得話都說的結結巴巴了：「這……這……這是……」

松鼠經紀人說：「哦呵呵呵……這是我答應你的，只要你坐在這個位置，白兔小姐就一定會和你互動的。你已經幫我不少忙啦，胳膊也受傷了，就先進場吧，這裡我等會兒叫其他人來收拾。」

犀牛志工不好意思的搔搔頭：「好的，謝謝您，您真是我見過的最好的松鼠！」

松鼠經紀人叮囑：「待會兒和白兔小姐互動的時候，記得一定要提一下我們白兔小姐的按摩減肥腰帶喲！哦呵呵呵……」

犀牛志工點點頭：「嗯嗯！」

6

坦白真相

過了一會兒，演唱會即將開始。體育館的燈光將傍晚的天空都照亮了，人們頭頂深藍色的天幕中隱隱透著彩光，歡快的音樂聲在美麗的七彩光效中響起。

粉絲們坐在舞台下面，用力的揮舞著螢光棒，興奮的大喊：

「白兔小姐！白兔小姐！白兔小姐！」

「演唱會怎麼還不開始呀！白兔小姐快出來呀！」

「我的天哪！我居然真的來看白兔小姐的演唱會了！啊啊啊！」

在萬眾矚目之下，白兔小姐踩

著舞台中央的升降台，緩緩出現在了所有人面前。

她出現的一瞬間，舞台的燈光就全都打在了她的身上，彩色的燈光照在她鑲滿了碎鑽的薄紗外套上，反射出了無數道細碎而美麗的光。

不知什麼時候，現場歡快的音樂已經被替換成一首悠揚舒緩的曲子。

白兔小姐提著裙擺，優雅的向大家鞠了個躬，然後就握著麥克風，跟隨著音樂輕輕哼唱了起來。

她的聲音像是清風一般溫柔，瞬間撫慰了躁動的人群，大家跟著音樂緩緩的揮動著手裡的螢光棒，整個體育館裡一片祥和。

幾分鐘後，等白兔小姐唱完，全場的歡呼聲幾乎要衝破雲霄。

白兔小姐眨了眨眼睛，提著裙子在原地轉了一圈，然後笑嘻嘻的說：「哈哈，接下來，就到了我們的歌迷互動環節啦。」

她的視線從台下一一掃過，最後彷彿不經意般落在了早早和松鼠經紀人商量好的那個座位上。

她腳步輕快的走到舞台邊緣蹲了下來，向VIP座位上的犀牛揮了揮手：「你好呀。」

犀牛志工精神一振，立馬從座位上站了起來，很快就有工作人員來給他送了一個麥克風，他緊張的捲著衣擺，抓著麥克風結結巴巴的說：「您……您好！」

白兔小姐見慣了歌迷激動的樣子，安撫的擺擺手：「哈哈，不要緊張啦，想跟我聊什麼都可以喲！」

犀牛志工的雙眼亮晶晶的，一臉仰慕的看著白兔小姐問：「白兔小姐，您可真好看！那……那個……您的身材怎麼這麼好呀？」

白兔小姐的眼裡閃過一絲滿意，心想：「松鼠經紀人這次找的暗樁演技挺不錯的嘛，這話題進入得一點也不生硬！」

她發出一聲輕笑，順著犀牛志工的話把薄紗外套一脫，露出了裡面的絲綢長裙，以及戴在腰上的按摩減肥腰帶。她指著腰帶說：「哈哈，因為我一直在用這款按摩減肥腰帶呀，減肥效果真的很不錯呢！」

犀牛志工露出了羨慕的眼神，把自己圓滾滾的肚皮拍得直抖，充滿期待的問：「如果我也使用了按摩減肥腰帶，是不是就能變得像您一樣苗條啦？」

白兔小姐果斷的點頭：「當然！」

犀牛志工又問：「那白兔小姐，用這個腰帶會不會很痛呀？」

白兔小姐說：「呃，是會有一點點痛感啦，但這也是為了變得更美麗而付出的一點點代價嘛！不過我個人認為這個疼痛感就跟被蚊子叮了——」

犀牛志工算準了時機，直接用遙控器打

開了白兔小姐腰上那條按摩減肥腰帶的開關，心想：「你們用腰帶騙人，那就讓你自己也嘗嘗每天被電的滋味吧。」

白兔小姐的話被肚子上突如其來的疼痛打斷了，她忍不住捂著肚子驚叫了一聲：「哎喲！」

所有人都被這聲尖叫嚇住了，犀牛志工故作擔憂的問：「白兔小姐您怎麼了？您看起來肚子很痛的樣子，是因為這個按摩減肥腰帶嗎？您要不要先把腰帶取下來呀？」

白兔小姐的臉色慘白，不知道自己的腰帶出了什麼差錯，但是現在她能做的只有咬牙硬撐。她擠出一絲微笑：「沒有沒有，怎麼可能會痛呢，我這是在開嗓啦！下一首我準備給你們演唱我的新歌，是一首歌頌大山的歌曲喲！」

犀牛志工關閉腰帶開關：「哦哦！您不痛就好！那白兔小姐，請再向我們展示一下您動人的歌喉吧！」

白兔小姐鬆了口氣：「呼，好……」

音樂漸起，白兔小姐舉起麥克風，跟著音樂唱了起來：「白雲遠，流水長——」

尼爾豹再次按下腰帶開關。

白兔小姐大喊：「啊！」

尼爾豹關閉腰帶開關。

白兔小姐唱：「流水長，綠樹高——」

尼爾豹此刻又打開了腰帶開關。

肚子上持續不斷的刺痛感終於讓白兔小姐無法忍受。「啊——」她痛得發出一聲慘叫，手腕一鬆，麥克風就從手裡掉了下來，砸在地上發出非常刺耳的聲音。

白兔小姐表情痛苦的捂著肚子，眼睛越來越紅，像是馬上就要滴下血來。

她顫抖著手想解開腰帶，卻發現無論她怎麼拉、怎麼扯，腰帶都牢牢的圍在自己的腰上。

白兔小姐終於崩潰大哭，腳一軟直接摔在了地上，她捂著肚子艱難的往舞台邊上挪動，白裙子蹭成了灰裙子，連上面鑲的碎鑽都蒙了塵。「誰來幫幫我！我的肚子好痛，真的好痛！嗚嗚嗚……」

底下的觀眾早就已經看呆了，他們看著痛得滿地打滾、形象全無的白兔小姐，滿心都是疑惑：

「白兔小姐這是怎麼了？」

「誰能告訴我這是什麼情況呀？」

「她看起來真的好痛呀，我們要不要去幫幫她？」

誰來幫幫我！我的肚子好痛，真的好痛！嗚嗚嗚……

犀牛志工趁機握著麥克風湊上去逼問道：「白兔小姐，您不是說您一直在用按摩減肥腰帶嗎？不是不痛嗎？您把真相說出來，我就幫您解開腰帶。」

白兔小姐嗚咽道：「我說謊了！所謂的按摩減肥腰帶其實就是帶了放電裝置的腰帶，根本減不了肥，我讓大家長時間佩戴，就是為了讓他們痛得不想吃飯！而我自己用的一直都是外形和按摩減肥腰帶一樣的普通腰帶，天知道今天這條腰帶怎麼變成真的了！求求你幫幫我！幫我解開這條腰帶吧！我只是想賺一點廣告費，我真的沒有想到會這麼痛，嗚嗚嗚……」

白兔小姐的話被麥克風外放，傳到了體育館每一個人的耳朵裡，在短暫的寂靜之後，人群中突然爆發出了驚天的怒吼聲，大家不可置信的聲討著白兔小姐，還有人將自己正戴著的按摩減肥腰帶一把扯下來丟在地上，狠狠的踩了兩腳。

「可惡！沒想到白兔小姐居然是個大騙子！虧我一直那麼喜歡她！」

「我一直就覺得很痛，但是看到白兔小姐那麼輕鬆的樣子，還以為是我自己的原因，原來就是這個腰帶有問題！」

「我也是，我也是！可惡！」

「大騙子！」

松鼠經紀人終於忍不住了，她從舞台旁邊跳出來，憤怒的瞪著犀牛志工，大聲質問道：「你到底是誰？」

犀牛志工朝松鼠經紀人露出一個大大的笑臉，然後把手裡的麥克風往天上一拋，就在這一瞬間，現場除了觀眾們手裡的螢光棒，演唱會所有的燈光都被熄滅，周圍一片漆黑。

舞台下傳來觀眾們慌亂的議論聲：

「這是怎麼回事？」

「燈怎麼全滅了？」

「快開燈呀，好嚇人呀！」

「停電了嗎？」

這時，一個聲音被麥克風放大，傳到了所有人的耳朵裡：「維護正義也是一門藝術，各位，歡迎來到貓爪怪探團的表演時間！」

話音剛落，現場的燈光就又重新亮了起來，舞台上的燈光聚攏在一起，全都照在舞台中央那個戴著面罩、穿著黑紅色風衣的身影上。

人群中有人立馬認出了他：

「是貓爪怪探團！」

「啊！我知道了！剛剛那個犀牛其實是月光幻影假扮的！」

松鼠經紀人咬牙切齒的說：「原來是你！」

白兔小姐痛苦的大喊：「我不管你是誰，求求你快點把我這個腰帶解開，我真的受不了了，嗚嗚嗚……」

尼爾豹掏出一顆小石子，朝著那條腰帶的中心丟了過去：「急速流光小石子！」

只聽咔的一聲，白兔小姐身上的腰帶就自動鬆開，啪的落在了地上。

白兔小姐終於鬆了口氣，她捂著肚子直掉眼淚。她一邊哭，一邊不動聲色的往舞台邊上挪動，看樣子是想逃跑。

這一幕被尼爾豹看在了眼裡，只見他不知道從哪裡掏出了好幾條一模一樣的按摩減肥腰帶，然後把腰帶丟到了白兔小姐身邊，笑瞇瞇的叫住白兔小姐，問：「白兔小姐，別急著走啊，我來採訪一下，請問——被電的感覺怎麼樣啊？」

白兔小姐嚇得花容失色，她僵在原地無法移動，慌亂的擺手求饒道：「我……我……我不走！我不走！我真的知道錯了！別……別再電我了！」

尼爾豹義正辭嚴的指著台下憤怒的觀眾

說：「你應該向相信你的粉絲們、向這些受害者道歉！」

白兔小姐哭得鼻涕泡都出來了，她抽噎著喊道：「對不起，真的對不起……」

舞台邊緣製造霧氣的機器突然運轉了起來，一陣繚繞的煙霧漸漸將尼爾豹包裹了起來，他的聲音從煙霧中傳出：「再見了各位！貓爪怪探團靜候你們的委託！」

等煙霧消散，舞台上除了瑟瑟發抖的白兔小姐，就只剩一地貓爪怪探團的名片了。

第二天，啾多拎著公事包，焦急的跑進了貓爪便利店，他餓得肚子咕咕直叫：「尼爾豹！快！快給我來十五個包子啾，再來兩份便當啾！」

尼爾豹把一大袋包子和便當遞給啾多，奇怪的問：「買這麼多你能吃完嗎？」

啾多突然悲從中來，抱著袋子淚流滿面的說：「嗚嗚嗚，這是我今天晚上加班要吃的啾，我今天大概要住在公司了啾……」

他突然又咬牙切齒的說：「真是氣死啾了！都怪白兔小姐，要不是她的話，我怎麼會要加班啾！」

尼爾豹一頭霧水：「你加班和白兔小姐

有什麼關係？」

啾多一臉生無可戀的樣子：「還不是因為那個按摩減肥腰帶，我前兩天用了那個腰帶不是瘦了嘛啾，然後……然後我就把腰帶推薦給了我們的老闆，因為他也說想減肥啾，結果……」

尼爾豹恍然大悟：「結果現在爆出來那

個腰帶是騙人的，老闆生你氣了要懲罰你？」

啾多絕望的搖搖頭：「不是的啾，是因為他戴著那個腰帶，痛得沒法兒集中精神，就不小心簽錯合約了啾，現在整個公司都在加班，如果不能挽回這次的損失，我可能連工作都沒了啾……不說了啾，尼爾豹，我們明天見吧啾，唉……」

祕密小姐的電台時間

第10集：過度減肥

各位委託人，歡迎來到祕密小姐的電台時間。

在違背了健康的前提下，盲目追求瘦身就是過度減肥。過度減肥不僅會損害身體的健康，甚至會對心理造成危害。

世界上有很多種不同的美，我們應該慢慢學會去欣賞。

無論你是高是矮，是胖是瘦，只要你活力充沛、身體健康，整個人就會像太陽一樣發光，像鮮花一樣美麗。

各位委託人，一定要把健康放在第一位，千萬不要盲目跟風、過度減肥喲！要學會接受最真實、最美好的自己！

1

彩券疑雲

一個波瀾不驚的早晨，尼爾豹從上班開始就一直盯著角落裡盆栽上的那一塊光斑發著呆。陽光透過窗戶懶洋洋的曬在貨架上，曬得那些擺放整齊的商品也變得有氣無力起來——它們已經保持這個姿勢至少待了兩個小時都無人問津。

月底，草原城居民們都因為還沒有到發薪水的日子而阮囊羞澀，便利店的生意日漸蕭條，就連平時忙得根本停不下來的尼爾豹，此時此刻也因為過於清閒而越發無聊。

當尼爾豹以為今天會繼續這麼無聊下去時，一個熟悉的、親切的、走路一搖一擺的、圓滾滾的身影急匆匆的推開了便利店的大門——來的正是貓爪便利店的熟客啾多。

今天的啾多看起來似乎比平時多了幾分掩飾不住的得意，他腳步輕盈的「飄」進便利店裡，短短的尾巴跟著身體搖擺的節奏一起快樂的晃動著，甚至在路過冷藏櫃的時候，還伸出他的小手與架子上的一排飲料挨個兒「擊掌」。他選了一大瓶乳酸菌飲料抱在懷裡，然後一扭一扭的繼續哼著歌挑選心儀的商品。

尼爾豹招呼道：「嘿，啾多，今天還是老樣子，一個香菇餡的包子？」

啾多的小眼睛向上翻了翻，給了尼爾豹一個大大的白眼：「哼啾！尼爾豹，你可真是太不講究了啾！早餐可是一天之中最重要的一餐，怎麼可以這麼將就呢啾?!給我把這一排不同口味的包子、烤玉米、沙拉和便當，都包起來！還有，關東煮裡面的白蘿蔔，我都要了啾！另外再給我來一杯百分之百鮮榨純果汁！再來……再來二十包麻辣口味洋芋片啾……」

尼爾豹快速的將啾多要的商品打包好，一開始尼爾豹還沒覺得奇怪，直到啾多越點越多，商品在收銀台上堆成了一座小山，他才驚奇的把頭抬起來，隔著那座由食物堆成的小山問啾多：「這都到月底了，啾多你怎麼忽然這麼奢侈了？難道……」

尼爾豹像是一瞬間明白了什麼，表現出了一副恍然大悟的態度說：「難道是你們老闆終於良心發現，給你們補發了去年的年終獎金？」

說著，他羨慕的以爪托腮，四十五度角仰望天花板，語氣中充滿了憂傷與羨慕：「多好的老闆啊，不像我的……」

還沒等尼爾豹說完，一顆貓薄荷口味的口香糖就狠狠的砸在了他的腦袋瓜上。

雪莉貓沒有理會捂著腦門兒

怪叫的尼爾豹，笑瞇瞇的問啾多：「啾多，發生了什麼好事嗎？」

聽到問話的啾多笑得越發得意，他小心翼翼的從自己的企鵝背包裡掏出一張疊得整整齊齊的紙片，神祕的在尼爾豹和雪莉貓面前晃了幾下。

尼爾豹瞇起眼，對著紙片觀察了半天，除了印刷的顏色有些粗糙和失真之外，好像和外面那些宣傳單沒什麼區別，直到他注意到了上面的一行小字，不禁問道：「這是什麼？賺大錢刮刮樂？刮開刮獎區就送給你對應的獎金……恭喜你中了一千元?!」

「你們還不知道吧啾？其實這是……」還沒等得意的啾多把話說完，頭頂那台懸掛在天花板上，讓來便利店購物的客人們消磨時間觀看的電視機就已經先他一步發出了一陣嘈雜的音樂聲，隨即，一胖一瘦兩隻手舞足蹈的負鼠便出現在了螢幕中，他們一唱一和的表演起來——

負鼠哥哥說：「嘿，草原城的居民們大家早安啊！我是來自酒偏尼島的商人負鼠哥哥！」

負鼠弟弟說：「早安！我是負鼠弟弟！」

負鼠哥哥說：「今天我們要為大家推薦的東西，可是人人都會喜歡的好東西！」

負鼠弟弟說：「好東西！」

負鼠哥哥說：「你還在為月底的入不敷出而感到困擾嗎？你還在為發薪日前買不起喜歡的東西而苦惱嗎？那就來玩我們的賺大錢刮刮樂吧！只要兩塊錢！就有機會刮到價值一億元的大獎！」

負鼠弟弟說：「無論什麼時間！無論買多少張！無論得了什麼獎！我們都會立刻兌換給大家！」

負鼠哥哥說：「無論你買多少，刮到多少錢，我們都會立刻兌換給你！沒錯！立刻兌換給你！」

負鼠弟弟說：「我們的位置是明鏡湖淺灘彩券行！明鏡湖淺灘彩券行！明鏡湖淺灘彩券行！重要的事情說三遍！我們的位置是

明鏡湖淺灘彩券行！」

負鼠哥哥笑著拍了拍負鼠弟弟：「笨蛋！你說了四遍！那麼就不打擾各位聽天氣預報啦！我們待會兒見！」

啾多滿臉興奮的看完了這條廣告，再次朝著尼爾豹和雪莉貓揮舞著手上的彩券：「沒錯，廣告上說的就是這個刮刮樂啾！我第一次就刮到了一千塊呢啾！一會兒我還要再去買幾張試試看啾！說不定一億元就是我的了啾！來不及了啾！再晚可能就沒有彩券了啾！再見啾！」

說完，啾多扛起尼爾豹為他打包好的那一大袋食物，結了帳後便推門匆匆離開了。

看著啾多匆忙離開的背影，尼爾豹雙爪托腮，任自己沉浸在幻想之中：「真好，一億元啊……如果我能中一億元，該怎麼花呢？」

雪莉貓瞥了一眼尼爾豹，無情的開口擊碎了他的發財美夢：「還是別做夢了，這些不過是為了賣出刮刮樂的噱頭罷了。再說了，即使億萬分之一的機率真被你碰到了，你首先要做的就是把因為粗心和出差錯而欠我的債務還清了，再預付未來五年裡你即將因為粗心和出差錯而欠我的債務！」

尼爾豹瞪大了眼睛：「啊？啊……不會吧！唉……」

雪莉貓看著因為承受不住打擊而倒在地上嚼著貓薄荷口香糖吹泡泡的尼爾豹，忍不住笑了笑，轉而又好像想到了什麼似的歪著頭思索：「不過……真奇怪，刮刮樂？賺大錢？為什麼我總覺得好像在哪裡看到過類似的事情？」

帶著疑問，雪莉貓與尼爾豹一同前往了地下室的祕密基地，在眾多的委託郵件裡認真翻閱著，終於找到了那封在一週前收到的委託信。

雪莉貓說：「嗯……我看看……對！就是這個，尼爾豹，你來看看。」

尼爾豹問道：「怎麼了？是什麼特別的委託嗎？」

雪莉貓指著螢幕上的郵件，神情認真的對尼爾豹說道：「聽到啾多說什麼彩券和刮刮樂的時候，我就覺得好像在哪裡聽說過。果然，這對負鼠兄弟已經不是第一次作案了，你看這個。」

尼爾豹湊到電腦前，上面是一封署名為小鹿斑斑的求助委託信：

貓爪怪探團的各位你們好，我是小鹿斑斑，來自花開城。因為在其他城市旅行的時候聽說你們可以解決一切煩惱，所以我就想來這裡傾訴一下……前段時間，花開城來了兩個自稱是來自酒偏尼島的負鼠商人，他們說自己在出售最高可以獲得一億元大獎的賺大錢刮刮樂，而且開到的獎可以直接兌換成現金……那天應該是我最開心的一天了！因為我鹿生第一次刮獎居然就刮到了一千元！我買了好多以前買不起的好吃的！但後來發生的事情讓我真的很後悔，如果我當時沒有貪心，沒有刮到那一千塊錢就好了……爸爸媽媽知道我刮到了一千元後很開心，他們覺得我一定是一頭幸運的小鹿，說不定真的能刮到一億元讓家裡富裕起來。也是從那天開始，我的爸爸媽媽，還有越來越多花開城的居民將自己的積蓄用來買刮刮樂。然而從第二天開始，大家能開出來的獎就越來越小，甚至到了最後幾乎沒有人再中獎。起初大家還相互安慰著說可能馬上就要出現一億元的大獎了，所以才會這樣。直到有一

天，大家發現彩券行已經人去樓空，負鼠兄弟也早就不見蹤影，大家才意識到自己是被騙了。然而一切都為時已晚，現在花開城裡已經亂得一塌糊塗，爸爸媽媽也每天都在吵架……我真的不知道應該怎麼辦了，貓爪怪探團，求求你們幫幫我，幫幫花開城的人，拿回我們被騙走的錢，好嗎？

花開城是一座距離草原城十分遙遠的環海城市，因為氣候溫暖溼潤且一年四季都有鮮花盛開而得名，是伊洛拉群島上少有的幾座治安穩定的城市之一。

尼爾豹的尾巴有一搭沒一搭的搖晃著，分析道：「這麼說的話……那兩個傢伙難道是……騙子？」

「自信一點，把『難道』去掉。之前我還想著等到新的飛行道具研究出來之後，再去花開城解決委託案，看來現在不需要了。」雪莉貓說完，快速的敲打了幾下鍵盤，不一會兒，土撥鼠情報隊的隊長土圓那張面對客戶時永遠掛著微笑的胖臉，就已經出現在螢幕中了。

「午安，親愛的祕密小姐。根據您提供的資訊，我們查到，之前在花開城用彩券詐騙的就是這對負鼠兄弟。」說著，土圓自豪的搓了搓手，兩隻手分別比出了二和三，「土撥鼠情報隊守則第三條——土撥鼠的情報，絕對划算！另外贈送給您兩條消息：第一，這對負鼠兄弟的真實身分是國際通緝的詐騙慣犯，至於真名嘛，因為是詐騙犯，所以我們也無法確定；第二，根據可靠情報，他們身後還存在一個可以長期穩定提供這種刮刮樂的工廠，但目前還不能確定在哪裡。」

土圓傳來幾張照片，分別是關於負鼠兄弟的通緝照片、負鼠兄弟在花開城時與草原城時的對比照片，以及用於運送那些刮刮樂的可疑的無牌照黑色麵包車照片……

尼爾豹說：「看來就是這兩個傢伙沒錯了，這群騙子，是該有人站出來收拾他們了！」

雪莉貓的嘴角忽然壞壞的勾了起來，望著還在憤怒的朝空氣揮拳的尼爾豹說道：「反對暴力——但是我同意你的話，不如我們……」

8

瘋狂刮刮樂

平時無人問津的明鏡湖淺灘此時熙熙攘攘的聚滿了動物，賺大錢刮刮樂經過昨天一整天的宣傳與發酵，在草原城已經名聲大噪。那些嘗到了獎金甜頭的動物都成了刮刮樂的免費宣傳員，一大早就帶著自己的親朋好友在明鏡湖淺灘上排隊等待彩券行開門，那些沒有中獎的動物則是抱著下次一定會中獎的僥倖心理，三三兩兩的聚集在不遠處的草地上，伸長了脖子觀望，互相交流。

綿羊說：「小熊貓，你聽說賺大錢刮刮樂了嗎？據說一次最高能刮到一億元呢！」

小熊貓說：「聽說了，聽說了，而且就在昨天，我親眼看到一隻啾啾刮到了一千元！當時就兌獎了呢！可惜了，我就中了五塊錢。」

綿羊說：「別灰心，大獎肯定都在後面，咱們今天先看看！」

「你說得沒錯，我也……哎喲！誰撞我？沒長眼睛啊?!」正說著話的小熊貓忽然被狠狠撞了一下，她揉著肩膀不滿的抬起頭，與一對烏溜溜、黑漆漆的小眼睛對了個正著。

那是一頭又肥又壯又高的野豬，滿臉的肥肉將那對原本就不大的眼睛擠得更小，一對由黃金打造成的鋒利獠牙更是晃得周圍的人都睜不開眼睛。他居高臨下的瞥了小熊貓一眼：「哼！哼哼！我還以為撞著了誰家不要的破布娃娃呢！原來是隻小熊貓啊！這麼小一隻還想擋我土豪豬的路！哼哼！哼哼！活該被撞！」

「你……你！」小熊貓氣得眼圈都紅了，她朝囂張跋扈的土豪豬不斷揮動著小爪子。一旁的綿羊趕緊上前拉住了她，勸道：「算了算了，我們不和這種沒教養的傢伙計較，走吧走吧。」

見兩人走遠，土豪豬越發囂張起來，他一邊拍著圓滾滾的肚皮指著兩人離開的方向哈哈大笑，一邊將附近的動物通通擠開，嘴裡不斷發出哼哼的叫聲：「哼哼，嗯，哼哼。你們這群窮鬼，都給本大爺讓開！都讓開讓開！

這一億元的獎金只能是本大爺的！哼哼！哼哼！」

到了早上八點鐘，負鼠兄弟準時打開了彩券行的大門，他們一邊打著大大的哈欠，揉著惺忪的睡眼，一邊朝外面張望，負鼠哥哥覺得有些奇怪，問：「嗯？現在幾點了，天怎麼還沒亮呢？」

負鼠弟弟說：「就……就是，怎麼今天天這麼黑……哎呀，我的媽呀！」

原本還在犯睏的負鼠哥哥被這突如其來的一聲嚇得一抖，見到面前那頭將彩券行大門堵得嚴嚴實實的野豬後也嚇了一大跳：「這……這……這是個什麼東西?!」

土豪豬晃動著他肥碩的肚子，不滿的朝兩兄弟呸了一聲：「我呸！哼！哼哼哼！怎麼說話呢?!本大爺不是東西！」

說著，土豪豬將一隻鼓鼓囊囊的背包狠狠的砸向兩兄弟，負鼠哥哥手忙腳亂的接過來打開一看，立刻就被包裡成捆成捆的百元鈔票驚得瞪大了雙眼：「這……這是……」

負鼠弟弟驚叫道：「錢！是錢！好多錢！」

土豪豬得意的拍了拍他的大肚子：「哼哼！當然是錢了，你們這兩個沒見過世面的窮鬼。這是十萬塊！把你們這裡所有的刮刮樂都給本大爺搬出來！這一億元必須是本大爺的！哼！哼哼！」

抱著背包的負鼠哥哥不動聲色的朝負鼠弟弟使了個眼色，後者會意，立刻跑去彩券行的小倉庫裡搬來了一落又一落的彩券在土豪豬面前，五萬張刮刮樂像一座小山一樣遮擋住了雙方的視線，只聽見土豪豬隔著「小山」朝兩兄弟大喊：「哼！哼哼！你們這兩個窮鬼！還不快幫本大爺一起來刮！這麼多刮刮樂！難道你們想要累死本大爺嗎?!」

「好啦！您別著急，我們兩兄弟這就在這邊幫您刮，這就幫您刮。」說著，負鼠哥哥率先拿起一張刮刮樂，開始用硬幣刮了起來。

負鼠弟弟有些不滿的說：「大哥，這傢伙也太可惡了，居然支使我們兩兄弟。」

負鼠哥哥滿臉興奮：「噓，你小聲點。這就是個冤大頭，反正這些彩券都開不出最大獎來，現在就讓他高興高興，咱哥兒倆就當這十萬塊是勞務費了。刮完了咱兄弟倆拿著錢去下館子！今天必須點六菜兩湯，外加三盆白米飯，再來二十個果醬餡餅好好的奢侈一把……嗯？這是什麼？」

負鼠哥哥忽然發現就在剛才，土豪豬站過的地板上黏著一塊又黃又黏的東西，這東西散發著一股淡淡的薄荷清香……

負鼠弟弟說：「大……大哥，好像是剛才那個冤大頭吐的口香糖。」

負鼠哥哥說：「嘔，真噁心！真是個不講衛生的傢伙！」

負鼠哥哥似乎把那塊口香糖當成了土豪豬的臉，抬腳狠狠的踩了上去，然而踩了幾下他才發現，那塊口香糖實在是太黏了，居然不知什麼時候將他的一隻鞋子黏在了地上，拔都拔不下來……

「可惡！可惡！可惡！連你也欺負我！我，我……」負鼠哥哥被這塊口香糖折磨得氣急敗壞，連續使了幾次勁兒都沒能將鞋子拔下來。最後他索性將鞋子一脫，單腳跳著給土豪豬刮獎去了。

就在這時，站在另一邊刮獎的土豪豬忽然爆發出一連串的豬叫聲：「哼，哼哼，喲，這張……」

土豪豬不敢相信似的瞇起那對小眼睛，將刮刮樂舉到陽光下翻來覆去的看著，引得圍觀的群眾也忍不住瞪大眼睛想看個清楚，就連負鼠哥哥也不由自主的伸長了脖子想看個究竟。

土豪豬說：「哦，沒中。」

負鼠弟弟長舒一口氣：「這傢伙，害得我以為……」他話說到一半，就被負鼠哥哥一把捂住了嘴。

土豪豬疑惑的瞟了二人一眼，隨後繼續埋頭刮著面前的刮刮樂，隨即發出一聲更大的叫喊：「哎喲喂——」

土豪豬身上的肥肉因為他的嚎叫跟著一抖一抖的，連同脖子上的大金鏈子也跟著一抖一抖的。大家又一次被他的叫聲所吸引，投去了好奇的目光。

土豪豬說：「又沒中。」

這次，動物們整齊的發出了一片噓聲，不少本來還想碰碰運氣的動物開始轉身離開。

不過土豪豬對此似乎毫不在意，他自顧自的又拿起一張彩券刮了起來，隨後興奮的手舞足蹈、大喊大叫起來：「哎喲，中了中了中了！」

聽到這一聲，負鼠兄弟明顯倒抽了一口冷氣，幾個想要離開的草原城居民也停下腳步，充滿期待的朝他看去，只見一張被豬蹄捏得皺巴巴的彩券上有一排小字：恭喜你獲得一毛錢。

負鼠哥哥腳一軟，幸好被負鼠弟弟拉了一把，才沒有直接坐在地上。

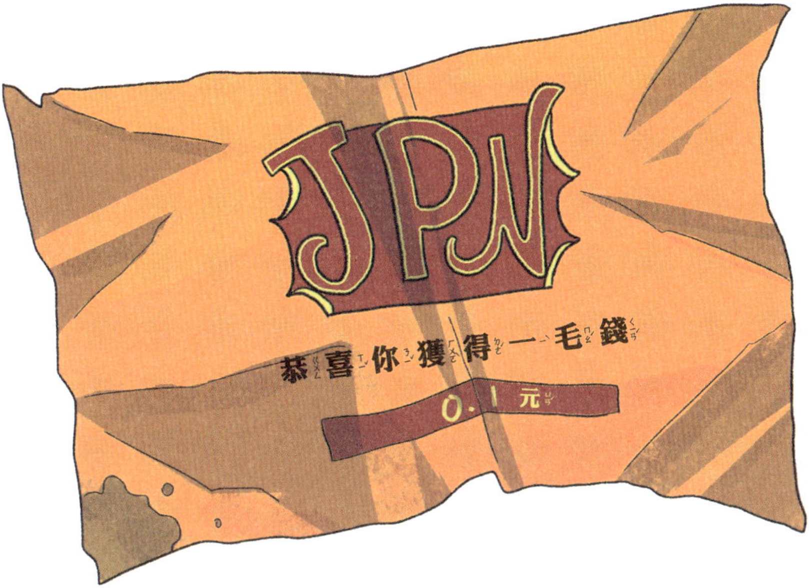

而那些原本還躍躍欲試的草原城居民這次則徹底失去了想要嘗試的欲望，紛紛轉身離開，只留下那個買了五萬張刮刮樂的土豪豬在那裡慢條斯理的刮著彩券。每刮一張，土豪豬都要興奮的對著和他一起刮獎的負鼠兄弟大呼小叫一通，來表示他內心的激動之情……

負鼠兄弟一直陪著土豪豬從日出站到了日落，其間，負鼠弟弟打了好幾次瞌睡，口水都淌到了手邊的刮刮樂上也渾然不知。

負鼠哥哥的笑容已經僵硬了，起初

他還能一邊刮著獎，一邊應付幾句這個情緒激動的土豪豬，但是等幫土豪豬刮出第八千八百八十八張「謝謝惠顧」後，他的手已經變得又痠又重了。面對花了大錢的土豪豬，負鼠哥哥也只能一邊賠著笑臉，一邊用已經磨平了的硬幣搓著刮獎區，一邊麻木的望著面前那個依舊興高采烈刮著獎的土豪豬……

一直刮到第五萬張時，負鼠哥哥才被一陣大笑聲吵得回過神來，靠在他身上打著瞌睡的負鼠弟弟被嚇得一抖，啪的一聲坐在了地上。

土豪豬激動的說：「哼哼！哈哈哈！哼哼！我中了！我又中了十塊錢！」

負鼠哥哥強撐著疲憊的身體說：「哈……哈哈，恭喜你，先生，一共中獎十塊零一毛，我……我這就給你兌換現金。」

土豪豬滿不在乎的說：「哼哼，別著急，我已經好久沒玩過這麼刺激的遊戲了！小夥子很有前途嘛，明天我還來！要繼續幫我刮獎喲！」

說著，他搖晃著那一身肥肉滿足的離開了，只留下了目瞪口呆、手腳發軟、腰痠背痛的負鼠兄弟二人在店裡瑟瑟發抖。

彩券行內，因為白天土豪豬的摧殘，可

憐的負鼠兄弟直到爬上床時，雙手還在微微發顫。

尤其是負鼠哥哥，連續刮了上萬張彩券使他手上的毛都被染成了刮刮樂的顏色，指甲縫裡堆滿了刮刮獎區塗層時留下的碎屑，就連他的腿也因為單腳站了一天，直到現在走起路來還是一瘸一拐的……

負鼠弟弟說：「大……大哥，我好餓，我的手也不聽使喚了，不停的抖……」

負鼠哥哥說：「忍……忍耐一下。等……等明天我們騙完那頭野豬一筆大的，就……就跑路。」

負鼠弟弟說：「大……大哥說得對，等……等明天咱們把他騙到工廠裡，就……就是咱們說了算了。」

負鼠哥哥眼中閃過一絲貪婪的光：「沒錯！這頭肥豬，居然騙我給他刮了四萬七千多張刮刮樂，四萬七千多張啊！明天！就在明天！我一定要把他騙得只剩下一條內褲，給我可憐的手報仇！」

第二天天剛亮，扛著大麻袋的土豪豬就又晃著他那肥碩的身子來到了彩券行跟前，二話不說，對著大門就是一陣連踢帶敲：「哼哼！哼哼！在不在？在不在？在不在？本大爺又來找你們刮獎啦！」

不一會兒，從夢中驚醒的負鼠兄弟頂著濃重的黑眼圈開了門。

負鼠哥哥堆著一臉笑容：「哈……哈哈……這不是豬老闆嘛，今天來得這麼早？」

土豪豬急匆匆的說：「少廢話！今天我土豪豬可是帶了一千萬元來找你們刮獎的！哼！哼哼！告訴你們！有多少刮刮樂我土豪豬全都包了！本大爺最不缺的就是錢！這一億元的獎金必須是我土豪豬的！其他窮鬼一分錢都別想分到！」

「一……一千萬元？」聽到土豪豬要花一千萬元來買刮刮樂，負鼠弟弟驚訝得下巴都快要掉下來了。站在一旁的負鼠哥哥連忙對土豪豬賠笑道：「您這一千萬元剛好可以把我們剩下的彩券都買下來，那這一億元的大獎肯定是您的了，您真是太聰明了。不過這麼多彩券帶出來可不方便，要不您和我們一起去工廠提貨吧？」

聽了負鼠哥哥的建議，土豪豬歪著頭思索了好一會兒，忽然哈哈大笑起來，豬蹄在兩兄弟的肩膀上猛的一拍，險些將他倆直接拍進地裡。

土豪豬說：「哼哼哼哼！哈哈哈哈！不愧是我土豪豬看好的人！有了你們兩個，那一億元的大獎註定是我的了！」

過了一會兒，草原城中就有一輛黑色的麵包車晃晃悠悠的開在偏僻的小路上，每跑幾公尺就會從後面噴出一股黑煙，看上去似乎馬上就要報廢了一般。

負鼠弟弟不安的說：「大……大哥，要不咱們還是用走的吧，再這樣跑下去，我害怕這輛車會在到達目的地之前爆炸……」

負鼠哥哥咬牙切齒的轉著快要失靈的方向盤，腳底的油門都踩到頭了，這輛車卻依舊

自顧自的、慢悠悠的噴著黑煙向前溜達，兩兄弟就這麼看著一輛又一輛的自行車與他們擦身而過，將他們遠遠的甩在身後……

負鼠哥哥憤怒的說：「你以為我想嗎？那頭豬一上來就把這車壓壞了！要不是他不願意自己走，誰想開這種破車！再忍忍吧，等過了今天，哥給你買輛最新款的跑車！」

「哇！真的嗎?!太棒了！那我要買那輛最新款的負鼠型跑車！」負鼠弟弟瞇縫著自己的小眼睛，想像以後自己坐在跑車上一手拿著餡餅，一手開著跑車的樣子，忍不住的嘿嘿傻笑。負鼠哥哥也忍不住暢想起騙到一千萬元以後的美好未來：「等把錢騙到手，咱們就買兩輛跑車，一輛用來開，一輛用來躺著吃餡餅。再蓋兩個大泳池，一個用來游泳，另一個用來放果醬，然後……」

土豪豬的聲音忽然如同雷聲一般響起：「什麼？你們說要錢幹什麼？」

聲音震得車子又晃了好幾下，差點就開進河溝裡，回過神的負鼠哥哥趕忙握緊方向盤，朝坐在後面的土豪豬諂媚一笑：「我是說錢……前面就到了，您看。」

不知什麼時候，麵包車已經開到了小路的盡頭，出現在三人面前的是一座看上去像是已經荒廢了很久的工廠……

狹小悶熱又極其陰暗的工廠裡，十幾個負鼠工人正熱火朝天的將一落落卡紙送入機器中印刷，再用塗料將刮獎區一刷，就製成了所謂的賺大錢刮刮樂。這間陰暗的廠房裡不時冒出的嗆人粉塵與不間斷的咳嗽聲絲毫沒有影響到土豪豬的興致：「哼，哼哼，原來這裡就是刮刮樂的源頭！一億元一定就在這裡了！」

說著，他將那個一直扛在肩膀上的麻袋用力的扔到地上，麻袋將地面砸出一個小坑後，露出了裡面數不清的鈔票。

被鈔票晃花了眼的負鼠兄弟剛想伸手去拿，麻袋口就被一對肥碩的豬蹄擋住，土豪豬晃著他那兩顆金色的獠牙，慢條斯理的對負鼠兄弟說道：「哎，不著急。你看錢都在這兒了，那貨……」

負鼠哥哥立刻一拍腦袋，裝出一副恍然大悟的樣子：「哎喲！您看我這腦子！喂！你們幾個！」

他惡狠狠的指著幾個負鼠工人命令道：「你們幾個！去！把所有的庫存都給這位豬老闆送過來！」

負鼠弟弟強調：「送過來！送過來！現在！

立刻！馬上！」

「是……是！」

很快，幾名負鼠工人就推著幾大車刮刮樂來到了土豪豬面前，此時的土豪豬正愜意的躺在一把快要被壓垮的搖椅上，負鼠哥哥端著一箱冰鎮汽水站在左邊，負鼠弟弟則拿著一把破扇子，有一下沒一下的給土豪豬扇著風。

正喝著冰鎮汽水的土豪豬見到那一車車的彩券，眼睛都亮了。他隨手抓起幾張刮刮樂，嘴裡不斷發出哼哼的聲音：「哼哼！這些就是全部的刮刮樂了?!那這一億元註定是我土豪豬的了！喂！那個誰，去把你們這裡所有的負鼠都叫來給本大爺刮獎！」

說著，他隨手從麻袋裡掏出幾落錢扔在地上，趾高氣揚的說道：「哼！哼哼！看見這些錢沒？一會兒誰刮得最賣力，我土豪豬就賞給誰！」

負鼠兄弟嚥了嚥口水，過了好一會兒，負鼠哥哥擺出一副真誠的樣子說道：「豬老闆，您可是我們最最最重要的客戶。面對您，其實錢真的不重要，主要是我們兩兄弟看到刮刮樂這個東西就手癢，就忍不住想要刮它。」

負鼠弟弟猛點頭：「對！不重要，主要是手癢，不刮就難受！」

說著，兩兄弟像是忘記了前一天刮獎時的勞累一樣，率先撲到了刮刮樂小山前，隨手抓起幾張刮刮樂就埋頭瘋狂的刮了起來。

其他的負鼠工人你看看我，我看看你，也都學著負鼠兄弟的樣子，一個接一個撲進刮刮樂堆中，就此展開了一場別開生面的刮獎比賽。

在狹小悶熱又極其陰暗的工廠裡，所有的負鼠工人都趴在地上認認真真的刮著面前的刮刮樂，尤其是負鼠兄弟，他們每人懷裡都抱著一大堆刮刮樂，一邊快速刮著刮獎區，一邊像是生怕被人搶走刮刮樂似的警惕的盯著四周，不時還從其他負鼠身邊抽走幾張刮刮樂放在自己這裡……

在負鼠們的努力下，上百萬張刮刮樂居然只用了一天就被全部刮完了，而他們的胳膊此時已經累得像是兩根煮過頭的麵條，軟軟的掛在肩膀上，兩條腿也抖得像是風中亂晃的野草。但沒有人在意這些小事，大家的注意力都集中在了土豪豬身邊的麻袋上，想著裡面的一千萬元，想著自己究竟能分到多少錢……

作為本場刮獎比賽冠軍的負鼠哥哥晃悠著兩條軟趴趴的胳膊一瘸一拐的走到土豪豬面前說：「恭喜您，豬老闆，雖然很遺憾這次沒有刮到一億元，但您累積的獎金已經達到了……二十三塊零八毛！恭喜您！那麼買彩券的錢……」

土豪豬擺出一副不可思議的樣子，他看看負鼠哥哥，又看看那一地的彩券：「沒有了嗎？那……我那一億元大獎呢?!這不是所有的彩券嗎？為什麼沒有一億元大獎?!」

負鼠哥哥向土豪豬抱歉的聳了聳肩，表示自己也不知道：「不好意思，土豪豬先生，也許是您這次運氣不好吧。不過我們這也是小本生意，一經出售，概不退換喲。」

「你！你們！唉！算了算了！算本大爺這次倒楣！反正本大爺有的是錢。來，這是給你們的一千萬元！」土豪豬生氣的跺了跺腳，像是自認倒楣似的踢了一腳麻袋，這才彎腰緩緩打開了麻袋……

9

接招吧！名畫

負鼠們紛紛伸長了脖子，想要看看一千萬元究竟有多少，然而，土豪豬卻從麻袋裡掏出了一幅用廉價木框裝裱的畫。

接著，在所有負鼠的目瞪口呆中，土豪豬又掏出了第二幅、第三幅……一直到第十幅，他這才滿意的挺起身來，摸著自己金色的獠牙對已經石化在原地的負鼠們得意的說道：「哼哼！看看這些畫！這些可全都是著名藝術家達·芬不奇的真跡！每一幅都價值一百萬！尤其是這幅《讓我安靜的吃完便當》更是在草原城美術館引發了熱議，甚至引起了名畫大盜的注意！現在的價格怎麼也得……超過兩百萬了吧！」

負鼠哥哥震驚的看著畫中那些形態各

異的小馬鈴薯，面色終於陰沉下來，指著土豪豬的鼻子惡狠狠的罵道：「你這頭豬，讓我們兄弟幫你刮了兩天的刮刮樂，居然還想用幾個長了毛的馬鈴薯騙我?!氣死我了！真是氣死我了！兄弟們！給我把他抓起來！先把他那兩顆大金牙拔下來！」

聽到了負鼠哥哥的命令，負鼠工人們撐著兩條不斷顫抖的腿想要圍住土豪豬，然而他們的身體就像是灌了鉛一樣沉重，任憑他們如何努力，也只能一點一點蹭著地面向前移動。

面對這群毫無氣勢可言的負鼠，土豪豬哈哈大笑，接著他將一隻豬蹄舉到半空，打了個響指：

「維護正義也是一門藝術，各位，歡迎來到貓爪怪探團的表演時間！現在由我月光幻影為大家獻上一場維護正義的表演！」

在土豪豬打出響指的一瞬間，黑工廠裡所有的燈光全部亮起，耀眼的光束集中在土豪豬身上，令他看上去如同一個巨大的光球。等到負鼠們的眼睛適應了光後才發現，黑工廠裡哪裡還有什麼土豪豬，留在原地的只有一個代表著正義的帥氣身影！

負鼠弟弟瞪大了眼睛指著月光幻影說：「這件制服！這個台詞！還有這浮誇的出場方式！我知道你！你是貓爪怪探團的月……月光公主！」

月光幻影聽了這句話之後差點沒站穩：「你這傢伙！什麼月光公主？我是月光幻影！月光幻影！」

負鼠哥哥說：「我管你是月光公主還是月光幻影！居然敢戲弄我們負鼠兄弟！大家一起上！把他給我抓住！」

負鼠哥哥一聲令下，負鼠工人們紛紛大

叫著衝向了月光幻影，然而他們中大多數的負鼠剛跑了兩步，就雙腿一軟，直接癱在了地上。

月光幻影笑著問：「嘿嘿，是不是感覺雙手發軟，腳也使不上力氣？連續刮了上萬張彩券的滋味不錯吧？」

然而還是有幾隻體格健壯的負鼠工人咬著牙朝著月光幻影撲去，月光幻影靈巧的躲過了他們的攻擊，抓起了自己那價值百萬的名畫──《讓我安靜的吃完便當》，望向負鼠工人們的眼神中充滿了憐憫與無奈：「本來呢，我是不想用這一招的，畢竟它實在是太過可怕，太過殘忍，太具有殺傷力，但是為了正義，也為了給你們這群不知悔改的傢伙一個終生難忘的教訓……接招吧！名畫──《讓我安靜的吃完便當》！」

說著，一個裡面裝裱著頭頂三根天線、正拿著筷子一臉疲憊的吃著便當的小馬鈴薯的畫框便呼嘯著飛向負鼠們，啪的一聲打在一隻負鼠的鼻子上！

負鼠大喊：「啊！」

月光幻影說：「吃我這招！名畫──《加班到三點沒有一分錢》！」

負鼠大喊：「哎呀！」

月光幻影好像不過癮似的直接舉起三個畫框，瞄準三個倒楣的負鼠毫不留情的丟了過去！

月光幻影說：「再來！名畫——《月末錢包沒有錢》！」

負鼠大喊：「啊！」

月光幻影說：「名畫——《月底只能啃饅頭》！」

負鼠喊道：「嗷！」

月光幻影繼續說：「以及名畫——《老闆別再扣我工資了》！」

負鼠說：「不要！」

這些畫畫的都是啾多打工的日常，畫框在月光幻影的手裡都像是長了眼睛一樣，毫不留情的命中一隻又一隻負鼠，直到他手裡還剩下最後一個畫框時，愣在原地的負鼠兄弟才回過神來，立刻朝著門外連滾帶爬的跑去：「快跑！快跑！我們打不過這傢伙！」

負鼠弟弟說話都帶著一絲哭腔：「簡直太殘忍了！這些畫的名字簡直太殘忍了！嗚嗚嗚，這傢伙好可怕！媽媽，媽媽，我要找警察，嗚嗚……」

月光幻影露出一抹壞笑，最後一個畫框脫手而出，旋轉著砸向負鼠兄弟：「絕招！名畫——《我快遲到了》！」

砰砰兩聲撞擊聲後，負鼠兄弟搖搖晃晃的又朝前跑了幾步，隨後就齊齊倒在了大門邊上。

月光幻影的任務完美結束，通訊器中傳來祕密小姐的聲音：「幹得好！月光公主，啊不，月光幻影，我已經通知警察了，估計很快他們就會過來，你準備好隨時撤離這裡！」

隨著警笛聲大作，一隊持槍警察踹開工廠大門衝了進來。

然而當他們看清面前這一幕時，情不自禁的放下了手中的槍。眼前的地面上鋪滿了負鼠兄弟的罪證，正中間被聚光燈所籠罩的則是一群負鼠工人，此時他們的身體都被尼爾豹擺成了沉思狀，一個接一個穩穩的壓在了不省人事的負鼠兄弟身上，旁邊則是由幾個負鼠工人擺成的大字：不想思考者。

德牧警官的腳邊放著一張寫著留言的卡片：「這些是負鼠兄弟的全部犯罪證據，接下來就交給你們了，再見——偉大的藝術家，月光幻影留。」

德牧警官撿起那張印有貓爪圖案的卡片，露出一個微笑。

月底的草原城，居民們依舊因為還沒有

到發薪水的日子而阮囊羞澀，便利店的生意仍是蕭條，平時忙得不可開交的尼爾豹此時懶懶的撐著拖把，一個接一個的打著哈欠。電視裡正在播放著晨間新聞：

「新聞早知道，我是晨間新聞的黃鸝鳥主播。昨夜，特大詐騙集團頭目負鼠兄弟於伊洛拉群島的草原城被警方逮捕歸案，據警方透露，貓爪怪探團再次幫助警方破案立功，負鼠兄弟對自己的犯罪行為供認不諱，警方已於今日凌晨與花開城城主取得聯繫，目前正在統計被騙居民的財產損失。根據本台記者拍攝到的現場畫面可以看到，犯罪嫌疑人的身體被擺成了沉思狀，扭曲的表情與顫抖的雙腿究竟想要向人們表達什麼？根據現場的留言，專家懷疑這位自稱是藝術家月光幻影的怪探團成員很可能患有嚴重的心理疾病，目前……」

啾多看著新聞，憤憤不平的啃著包子：「啾！我覺得月光幻影是好樣的啾！就應該這麼懲罰這群騙子啾！虧我還把之前刮到的獎金都用來買刮刮樂了啾！」

尼爾豹在一邊贊同的點了點頭：「就是！而且怎麼就變成有心理疾病了！這分明就是名作！《不想思考者》！」

啾多興奮的問：「咦？尼爾豹，你怎麼也開始替月光幻影說話了啾？我知道了啾，你也成月光幻影的粉絲了，對不對啾？」

尼爾豹看了一眼啾多，撐著拖把挪到貨

架邊上，將倒了的商品扶正，這才打著哈欠不動聲色的轉移了話題：「啾多，據我所知，你不是把獎金都用來買零食了嗎？」

「不是還剩下兩塊錢嗎啾！我這次損失可大了呢啾！再也不買刮刮樂了啾！」啃完最後一口包子的啾多瞥了一眼手上的報紙，忽然睜大眼睛，「這是什麼啾？花栗鼠快樂彩券？只要一塊錢，就可能刮到十億元……十億元?!不說了，尼爾豹，我要去碰碰運氣啾！再見了啾！」

說著他抓著報紙匆匆忙忙跑出門去，只

留下剛進門的雪莉貓與尼爾豹面面相覷。

雪莉貓說：「好吧！看來我們又有的忙了，我這就去聯繫土撥鼠情報隊。尼爾豹，你準備好了嗎？」

尼爾豹回答道：「當然，我已經迫不及待了！」

祕密小姐的電台時間

第11集：警惕「中獎」陷阱

各位委託人，歡迎來到祕密小姐的電台時間。

你知道嗎？其實在我們的日常生活中存在著非常多的名為「中獎」的陷阱，一些不法分子會假借「中獎」、「賺大錢」等名義開設非法的彩券、抽獎、股票或者賭博網站來騙取錢財。他們的行騙手法就和負鼠兄弟一樣，首先會給予被害人一定的好處來誘使被害人將更多的錢投入其中，當被害人察覺到自己被騙時，他們早就已經帶著騙取的錢財消失得無影無蹤，從而使被害人蒙受巨大的財產損失。

我們要做的就是成為一名觀察力敏銳的偵探，擦亮眼睛去識別和預防這些「中獎」陷阱。預防它的方式也非常簡單，那就是不要去相信那些會讓你輕易占便宜的事情。因為往往那些小便宜的背後都埋藏著一個巨大的陷阱！

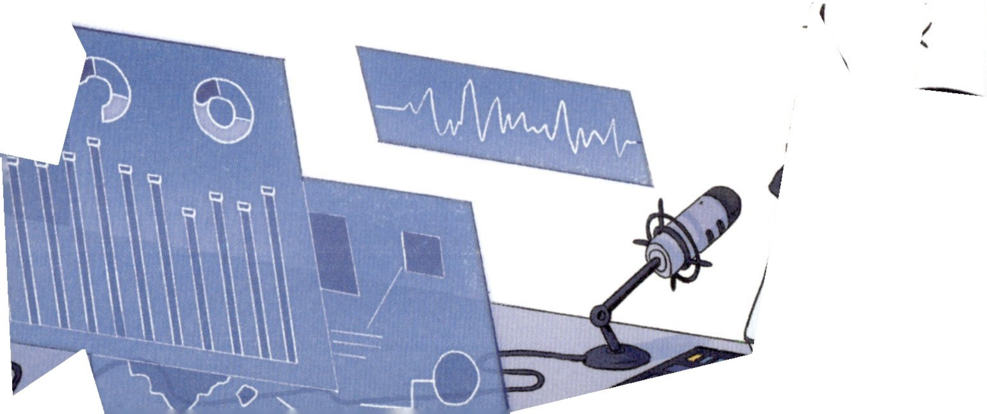

啾多的一天

起床。
啾……
洗漱。
啾……
吃飯。
啾……
工作。
啾……
被騙。
電腦提示：你被詐騙了100萬元。
啾?!
被騙被騙被騙被騙被騙
被騙被騙被騙被騙被騙
真是夠了啾！就不能讓我少被騙一次嗎啾！

國家圖書館出版品預行編目（CIP）資料

貓爪怪探團．混沌時代篇4：瘋狂刮刮樂／多多羅著. -- 初版. -- 臺北市：臺灣東販股份有限公司, 2025.03
122面；14.7×21公分
ISBN 978-626-379-776-5（平裝）

859.6　　114000481

貓爪怪探團．混沌時代篇4

瘋狂刮刮樂

2025 年 3 月 1 日初版第一刷發行

著　　者　多多羅
繪　　者　丁立儂、脆哩哩
主　　編　陳其衍
美術編輯　林佩儀
發 行 人　若森稔雄
發 行 所　台灣東販股份有限公司
　　　　　＜地址＞台北市南京東路 4 段 130 號 2F-1
　　　　　＜電話＞(02)2577-8878
　　　　　＜傳真＞(02)2577-8896
　　　　　＜網址＞https://www.tohan.com.tw
郵撥帳號　1405049-4
法律顧問　蕭雄淋律師
總 經 銷　聯合發行股份有限公司
　　　　　＜電話＞(02)2917-8022